# 井伊直虎
## ～民を守った女城主～

時海結以／著
五浦マリ／イラスト



★小学館ジュニア文庫★

# ～民《たみ》を守《まも》った女城主《おんなじょうしゅ》～　おもな登場人物《とうじょうじんぶつ》

## 井伊直虎《いいなおとら》

**【いずみ姫《ひめ》・次郎法師《じろうほうし》】**
井伊家《いいけ》のひとり娘《むすめ》。直虎《なおとら》となのり、井伊家《いいけ》の当主《とうしゅ》となる。

いいなずけ（婚約者《こんやくしゃ》）

## 井伊直親《いいなおちか》

父《ちち》

**【亀之丞《かめのじょう》】**
直満《なおみつ》の息子《むすこ》。直虎《なおとら》のいいなずけだったが、小野《おの》に命《いのち》をねらわれすがたをかくす。

## 井伊家《いいけ》

**直平《なおひら》** 直虎《なおとら》の曾祖父《そうそふ》
**直宗《なおむね》** 直虎《なおとら》の祖父《そふ》
**直盛《なおもり》** 直虎《なおとら》の父《ちち》
**椿《つばき》の方《かた》** 直虎《なおとら》の母《はは》
**南溪和尚《なんけいおしょう》** 直虎《なおとら》の大叔父《おおおじ》
**直満《なおみつ》** 直虎《なおとら》の大叔父《おおおじ》・直親《なおちか》の父《ちち》
**直義《なおよし》** 直虎《なおとら》の大叔父《おおおじ》
**朝《とも》の方《かた》** 直親《なおちか》の妻《つま》・直政《なおまさ》の母《はは》

主君《しゅくん》

家臣《かしん》

## 小野《おの》

井伊家《いいけ》の家老《かろう》

## 目次《もくじ》

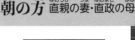

# 井《い》伊《い》直《なお》虎《とら》

徳《とく》川《がわ》家《いえ》康《やす》

【松平《まつだいら》元康《もとやす》】
三河《みかわ》の大名《だいみょう》。後《のち》に江戸幕府《えどばくふ》を開《ひら》く。

主君《しゅくん》

家臣《かしん》

井《い》伊《い》直《なお》政《まさ》

【虎松《とらまつ》・万千代《まんちよ》】
井伊直親《いいなおちか》の嫡男《ちゃくなん》。徳川四天王《とくがわしてんのう》のひとりとして活躍《かつやく》し、「井伊《いい》の赤鬼《あかおに》」と呼《よ》ばれた。

井《い》伊《い》家《け》当《とう》主《しゅ》を引《ひ》き継《つ》ぐ

子《こ》

## 徳川家家臣《とくがわけかしん》

**酒井忠次《さかいただつぐ》**
徳川四天王《とくがわしてんのう》の中《なか》でいちばん年長《ねんちょう》。

**本多忠勝《ほんだただかつ》**
徳川四天王《とくがわしてんのう》のひとり。武勇《ぶゆう》に秀《ひい》でる。

**榊原康政《さかきばらやすまさ》**
徳川四天王《とくがわしてんのう》のひとり。まじめな性格《せいかく》。

## 第《だい》二章《しょう》 井《い》伊《い》直《なお》政《まさ》

# 参考資料《さんこうしりょう》

# 戦国時代地図《せんごくじだいちず》

（井伊直虎《いいなおとら》や井伊直政《いいなおまさ》が生《い》きた時代《じだい》の地図《ちず》）

※〔　〕は現在《げんざい》の地名《ちめい》。

# 第《だい》一章《しょう》

# 井《い》伊《い》直《なお》虎《とら》

## 虎《とら》の目《め》を持《も》つ娘《むすめ》

## 一　姫《ひめ》と、やさしい婚約者《こんやくしゃ》

### 水《みず》のわきでる地《ち》

遠江《とおとうみ》（現在《げんざい》の静岡県西部《しずおかけんせいぶ》）には、海《うみ》とつながった大《おお》きな湖《みずうみ》がある。その湖《みずうみ》の北《きた》に、きれいな水《みず》がわく、井伊谷《いいのや》という地《ち》（現在《げんざい》の浜松市北区《はままつしきたく》）があった。

戦国時代《せんごくじだい》、井伊谷《いいのや》を治《おさ》める井伊家《いいけ》の城《しろ》――井伊谷城《いいのやじょう》に、ひとりの姫《ひめ》がいた。名前《なまえ》はわからない。水《みず》がわく地《ち》の姫《ひめ》なので、いずみ姫《ひめ》、とよんでおくことにする。

いずみ姫《ひめ》には、大好《だいす》きな人《ひと》がいた。大人《おとな》になったらお嫁《よめ》になる、と両親《りょうしん》から言《い》い聞《き》かされて育《そだ》った、亀之丞《かめのじょう》だ。いずみ姫《ひめ》とおなじ歳《とし》で、とてもやさしい若君《わかぎみ》だった。

天文十三年《てんぶんじゅうさんねん》（一五四四）夏《なつ》。十歳《じっさい》のいずみ姫《ひめ》と亀之丞《かめのじょう》は、いろいろなことを教《おし》えてくれる南溪和尚《なんけいおしょう》に連《つ》れられ、神社《じんじゃ》の井戸《いど》へ行《い》った。和尚《おしょう》は、龍泰寺《りゅうたいじ》という寺《てら》のお坊《ぼう》さんだ。

「わあ、きれいな水《みず》がどんどんわいている」

「どこからわいてくるんだろう」

ふたりは、水《みず》がわきでてくる井戸《いど》をのぞきこんだ。

「いずみ姫《ひめ》さま、亀之丞《かめのじょう》さま、井伊家《いいけ》のご先祖《せんぞ》さまは、この井戸《いど》の、水《みず》の神《かみ》の申《もう》し子《ご》なのですよ」

「水《みず》の神《かみ》さまの子《こ》？」

南溪和尚《なんけいおしょう》は語《かた》る。

「ええ、昔《むかし》むかし、お正月《しょうがつ》の朝《あさ》、この神社《じんじゃ》の神主《かんぬし》が、生《う》まれたばかりの男《おとこ》の子《こ》を、この井《い》戸《ど》の中《なか》に見《み》つけました。

その子《こ》を育《そだ》てていたところ、京《きょう》の都《みやこ》から、この地《ち》を治《おさ》めるために来《き》た貴族《きぞく》が、気《き》に入《い》ってもらいうけ、大人《おとな》になったときに、ひとり娘《むすめ》と結婚《けっこん》させました。その井戸《いど》の中《なか》の男《おとこ》の子《こ》こそ、井伊家《いいけ》のご先祖《せんぞ》さまで、井伊谷城《いいのやじょう》をつくったかたです」

「男《おとこ》の子《こ》をもらいうけ、大人《おとな》になってひとり娘《むすめ》と結婚《けっこん》、わたくしと亀之丞《かめのじょう》さまみたいね」

「そうだね。いずみ姫《ひめ》も、井伊谷城《いいのやじょう》のひとり娘《むすめ》だものね」

亀之丞《かめのじょう》は、いずみ姫《ひめ》の父直盛《ちちなおもり》のいとこにあたる。井伊谷城《いいのやじょう》には、いずみ姫《ひめ》の曾祖父直平《そうそふなおひら》と、父《ちち》で井伊家当主《いいけとうしゅ》の直盛《なおもり》、母《はは》がいた。母《はは》の名前《なまえ》もわからないが、椿《つばき》の方《かた》、とよんでおく。

いずみ姫《ひめ》の祖父《そふ》で直盛《なおもり》の父《ちち》の直宗《なおむね》は、すでに亡《な》くなっていた。

亀之丞《かめのじょう》は、直宗《なおむね》の歳《とし》のはなれた弟《おとうと》・直満《なおみつ》の子《こ》だ。あとつぎの男《おとこ》の子《こ》がいない直盛《なおもり》は、亀《かめ》之丞《のじょう》が大人《おとな》になったら、いずみ姫《ひめ》と結婚《けっこん》して、次《つぎ》の当主《とうしゅ》になることを望《のぞ》んでいた。

「この水《みず》にさわってもいい？」

いずみ姫《ひめ》が手《て》をのばすと、「危《あぶ》ないよ」と亀之丞《かめのじょう》が手《て》をひっぱる。和尚《おしょう》は諭《さと》した。

「そちらで流《なが》れでているほうになさい。井戸《いど》をけがしてはなりません。この水《みず》は、井伊谷《いいのや》の命《いのち》そのものなのですよ」

「命《いのち》？」

「よい水《みず》は、田畑《たはた》をうるおして稲《いね》や野菜《やさい》を育《そだ》て、人《ひと》ののどをうるおして人《ひと》の体《からだ》を育《そだ》てます。水《みず》があるかぎり、すべての命《いのち》が育《そだ》ちます」

亀之丞《かめのじょう》が目《め》をかがやかせた。

「水《みず》って、なくてはならないんだね」

井戸《いど》の水《みず》が流《なが》れでて、御手洗川《みたらしがわ》になっているところへ行《い》き、亀之丞《かめのじょう》が手《て》に水《みず》をすくう。

「冷《つめ》たい！　いずみ姫《ひめ》、おいでよ、気持《きも》ちいいよ」

きらきらと光《ひかり》をはね返《かえ》す水《みず》の流《なが》れ、その光《ひかり》をひとみに映《うつ》す亀之丞《かめのじょう》の横顔《よこがお》に、いずみ姫《ひめ》は見《み》とれていた。

(世《よ》の中《なか》には、会《あ》ったこともないとなりの国《くに》の若君《わかぎみ》に、お嫁《よめ》に行《い》かされる姫《ひめ》もたくさんいるって聞《き》いた。でもわたくしは、亀之丞《かめのじょう》さまのお嫁《よめ》さまになれる。父上《ちちうえ》や母上《ははうえ》といつまでもいっしょにいられる)

本当《ほんとう》に幸《しあわ》せだと、いずみ姫《ひめ》はうれしくなってほほえんだ。

「早《はや》く来《き》て、いずみ姫《ひめ》」

「ええ」

かけよって、水《みず》の流《なが》れに手《て》を入《い》れた。とても冷《つめ》たかった。ふたりで顔《かお》を見《み》あわせ、笑《わら》いあったとき、

「おやまあ、こんなところに。うっかり外《そと》に出《だ》して、忍《しの》びこんだ敵《てき》にねらわれても知《し》りませんぞ。井伊家《いいけ》の子《こ》どもは、このふたりしかいないのだから」

やってきて、いやみを言《い》うのは、小野《おの》という井伊家《いいけ》の家老《かろう》（いちばん上《うえ》の家臣《かしん》）だった。いずみ姫《ひめ》が小野《おの》の怒《おこ》った顔《かお》をこわがっていると、亀之丞《かめのじょう》がいずみ姫《ひめ》をかばった。

「小野《おの》どの、わたしは武芸《ぶげい》のけいこを毎日《まいにち》積《つ》んでいる。家来《けらい》の今村《いまむら》に教《おし》えてもらっているんだ。いずみ姫《ひめ》ひとりくらい守《まも》ってみせる」

今村藤七郎《いまむらとうしちろう》は、亀之丞《かめのじょう》の教育係《きょういくがかり》をしている家来《けらい》だ。

「では、いずみ姫《ひめ》とはなれているときは、どうなさいます？」

「守《まも》ると約束《やくそく》したし、はなれないとも約束《やくそく》した。かならずもどってくる」

勇気《ゆうき》を得《え》て、いずみ姫《ひめ》も言《い》い返《かえ》した。

「亀之丞《かめのじょう》さまは、わたくしをお嫁《よめ》さまにしてくださるの、約束《やくそく》したんですもの。約束《やくそく》を守《まも》ってくださる、ぜったいに」

小野《おの》は、くだらない、という顔《かお》になった。

「子《こ》どもの約束《やくそく》など、あてにはなりませんな。大人同士《おとなどうし》の、国《くに》と国《くに》の約束《やくそく》でさえ、あてにはならない世《よ》だというのに」

言《い》い捨《す》てて、行《い》ってしまう。

「……亀之丞《かめのじょう》さま、わたくしをお嫁《よめ》さまにしてくださいますよね？」

「それが、わたしの生《い》きる道《みち》だと思《おも》っている。きみと、わたし自身《じしん》への約束《やくそく》だ。きみとふたりで、井伊谷《いいのや》を守《まも》って生《い》きていくって」

亀之丞《かめのじょう》はきっぱりと言《い》い、「心配《しんぱい》すると、顔《かお》にしわができるって、ばあやが言《い》ってたよ」と笑《わら》った。いずみ姫《ひめ》も笑《わら》うのだった。


けれど、小野《おの》がたくらんでいたのは、子《こ》どもの約束《やくそく》などかんたんにこわれてしまうような、おそろしいことだった。

小野《おの》の息子《むすこ》といずみ姫《ひめ》を結婚《けっこん》させ、井伊谷《いいのや》を支配《しはい》するのだ。そのためにはまず、いずみ姫《ひめ》の婚約者《こんやくしゃ》亀之丞《かめのじょう》とその父直満《ちちなおみつ》、直満《なおみつ》を助《たす》ける弟《おとうと》の直義《なおよし》がじゃまだった。

その年《とし》の十二月《じゅうにがつ》、井伊家《いいけ》を家臣《かしん》と見《み》なしていて、いつも命令《めいれい》をしてくる今川義元《いまがわよしもと》に、小《お》野《の》はでたらめのつげ口《ぐち》をした。

「井伊谷《いいのや》の井伊直満《いいなおみつ》と直義《なおよし》の兄弟《きょうだい》が、兵《へい》を集《あつ》め、武器《ぶき》を用意《ようい》しております。今川《いまがわ》さまに対《たい》して、反乱《はんらん》をおこす気《き》ではないでしょうか」

武器《ぶき》を用意《ようい》していたのは本当《ほんとう》だ。信濃《しなの》(現在《げんざい》の長野県《ながのけん》)から武田信玄軍《たけだしんげんぐん》の下《した》っぱの兵《へい》がやってきて、強盗《ごうとう》みたいに農民《のうみん》をおどし、米《こめ》や豆《まめ》や野菜《やさい》をうばってゆく。それを追《お》いはらうためだった。

家来《けらい》に命《めい》じて偵察《ていさつ》させ、井伊谷《いいのや》に武器《ぶき》が運《はこ》ばれているのを確《たし》かめた義元《よしもと》は、かんかんになって怒《おこ》った。

「わしに逆《さか》らうだと? 許《ゆる》せん! 話《はなし》によっては、そのふたりの首《くび》をはねる!」

井伊谷《いいのや》に、小野《おの》を通《つう》じて、ふたりをよびだす手紙《てがみ》が来《き》た。年末《ねんまつ》のことだった。

# とつぜんの別《わか》れ

「心配《しんぱい》するな、今川《いまがわ》さまに会《あ》って、きちんと話《はな》せば、きっとわかっていただける。兵《へい》を集《あつ》め、武器《ぶき》を用意《ようい》したのは、国境《くにざかい》をこえて入《はい》ってくる武田《たけだ》の兵《へい》を追《お》いはらうためで、今川《いまがわ》さまを裏切《うらぎ》り、おそいかかるためではないのだと」

直満《なおみつ》は亀之丞《かめのじょう》といずみ姫《ひめ》の頭《あたま》をなでて、笑顔《えがお》でそう言《い》った。

「安心《あんしん》して待《ま》っておれ」

小野《おの》がでたらめをつげ口《ぐち》したとは知《し》らない直満《なおみつ》と弟《おとうと》の直義《なおよし》は、説明《せつめい》のために小野《おの》といっしょに、連絡係《れんらくがかり》の家来《けらい》を連《つ》れて、馬《うま》で義元《よしもと》のいる駿府《すんぷ》の今川氏館《いまがわしやかた》（のちの駿府城《すんぷじょう》、現在《げんざい》の静岡県静岡市葵区《しずおかけんしずおかしあおいく》にあった）へむかった。

「父上《ちちうえ》、叔父上《おじうえ》、お気《き》をつけて。お帰《かえ》りになるまでに、槍《やり》のけいこで今村《いまむら》に負《ま》けないようにします」

「わたくしも、おもどりになるまでに、和尚《おしょう》さまに新《あたら》しいことを習《なら》っておきます」

亀之丞《かめのじょう》といずみ姫《ひめ》は、直平《なおひら》や直盛《なおもり》とともに、城《しろ》の門《もん》の外《そと》で、手《て》をふって見送《みおく》った。

しかし……二日後《ふつかご》。

井伊谷城《いいのやじょう》の庭《にわ》に、連絡係《れんらくがかり》の家来《けらい》が深《ふか》い傷《きず》を負《お》って、馬《うま》でかけこんできた。

「一大事《いちだいじ》でございます！　殿《との》！　大殿《おおとの》！」

「何《なに》ごとだ」

「その傷《きず》は、どうした⁉」

城《しろ》の庭《にわ》に直盛《なおもり》と直平《なおひら》が出《で》ると、家来《けらい》は息《いき》もたえだえに報告《ほうこく》した。

「直満《なおみつ》さまと直義《なおよし》さまが、殺《ころ》されてしまいましたっ‼」

直盛《なおもり》も直平《なおひら》も、言葉《ことば》を失《うしな》った。いずみ姫《ひめ》とともに、城《しろ》の廊下《ろうか》からこれを見《み》ていた椿《つばき》の方《かた》は、ふらふらとなって、うずくまってしまう。

いずみ姫《ひめ》も目《め》の前《まえ》が真《ま》っ暗《くら》になった。やっとのことで、直平《なおひら》がたずねる。

「……な、ぜ……」

「昨日《きのう》、おふたりが説明《せつめい》していたところ、横《よこ》から小野《おの》どのが、今川《いまがわ》さまに『それはすべてうそでございます』とでたらめを言《い》い、今川《いまがわ》さまのお怒《いか》りがおさまらず、その場《ば》で『斬《き》ってしまえ！』と。

廊下《ろうか》でひかえていたわたしは、とにかくこのことをお知《し》らせしようと、かけだしたのです。が、小野《おの》どのが追《お》いかけてきて、城《しろ》の裏口《うらぐち》の外《そと》で、わたしの口《くち》を封《ふう》じようと斬《き》りつけました。そのとき、おふたりはすでに殺《ころ》されたと言《い》われたのです。

なぜ、と問《と》うわたしに、小野《おの》どのが言《い》うには、『亀之丞《かめのじょう》をいずみ姫《ひめ》のいいなずけ（婚約者《こんやくしゃ》）にしたのが悪《わる》い、亀之丞《かめのじょう》も殺《ころ》してやる』と」

その言葉《ことば》だけは、いずみ姫《ひめ》の耳《みみ》にしっかりとどいた。

（亀之丞《かめのじょう》さまが、殺《ころ》される！）

直盛《なおもり》がうめくように言《い》った。

「小野《おの》は、自分《じぶん》の息子《むすこ》をいずみと結婚《けっこん》させ、井伊谷《いいのや》を支配《しはい》しようと思《おも》っていたのか！」

「わたしは死《し》んだふりをしてお堀《ほり》に転《ころ》がり落《お》ち、小野《おの》どのがいなくなってから、こうして逃《に》げてまいりました……」

それきり、家来《けらい》は気《き》を失《うしな》ってしまった。

「なんということ！　身勝手《みがって》な裏切《うらぎ》り者《もの》めっ」

「今川《いまがわ》さまは、井伊家全体《いいけぜんたい》をうたがい、ほろぼそうとなさるかも」

直平《なおひら》と直盛《なおもり》は、青《あお》ざめて顔《かお》を見《み》あわせた。

「……亀之丞《かめのじょう》さまっ。亀之丞《かめのじょう》さまを助《たす》けて!!」

いずみ姫《ひめ》はさけんでいた。ほかに何《なに》も思《おも》いうかばない。

「亀之丞《かめのじょう》さまを！　亀之丞《かめのじょう》さまを守《まも》って、お願《ねが》い、父上《ちちうえ》、ひいおじいさまっ」

直平《なおひら》と直盛《なおもり》は、はっとなった。気《き》をとりなおして話《はな》しあう。

「そうだ、いずみの言《い》うとおりだ。亀之丞《かめのじょう》を助《たす》けなくては」

「どこかにかくそう。小野《おの》の知《し》らないところへ」

「小野《おの》は、直満《なおみつ》たちの遺体《いたい》を運《はこ》べと、今川《いまがわ》さまに言《い》われるはずだ。だから、すぐにはもどって来《こ》られない。早《はや》くとも、帰《かえ》りは明日《あした》になる」

「では、きょうのうちに。しかし、どこがよい？」

「南溪和尚《なんけいおしょう》なら、井伊谷《いいのや》の外《そと》のことを知《し》っている。心当《こころあ》たりがあるかもしれない。今村《いまむら》、そなたも来《こ》い。ほかの者《もの》は、急《いそ》ぎ直満《なおみつ》のやしきを守《まも》るのだ」

ふたりはさわぎに集《あつ》まってきた家来《けらい》たちを連《つ》れ、かけだそうとした。

（知《し》らないところ……井伊谷《いいのや》の外《そと》……）

いずみ姫《ひめ》の胸《むね》に、不安《ふあん》が広《ひろ》がった。知《し》らないところへ、亀之丞《かめのじょう》さまが行《い》ってしまう。

「父上《ちちうえ》っ、そんな……」

助《たす》けてとは言《い》ったけれど、まさか、そういうことになるとは。

直盛《なおもり》は笑《え》みをつくり、いずみ姫《ひめ》に近《ちか》よって、両肩《りょうかた》に手《て》を置《お》いた。

「心配《しんぱい》するな。かならず亀之丞《かめのじょう》は守《まも》る」


危《あぶ》ないから、と椿《つばき》の方《かた》によって部屋《へや》にとじこめられたいずみ姫《ひめ》だった。けれど、いてもたってもいられず、夕方《ゆうがた》、すきを見《み》て部屋《へや》からぬけだした。

直満《なおみつ》のやしきへ走《はし》り、裏口《うらぐち》から入《はい》ろうとする。すると、家来《けらい》の今村藤七郎《いまむらとうしちろう》が農民《のうみん》のかっこうをして、わらで編《あ》んだとても大《おお》きなふくろをせおい、直平《なおひら》や直盛《なおもり》、南溪和尚《なんけいおしょう》に見送《みおく》られて、やしきの裏口《うらぐち》から出《で》てゆくところだった。

「たのんだぞ、今村《いまむら》」

「かしこまりました、殿《との》。命《いのち》にかえても、かならず」

(あの大《おお》きなふくろの中《なか》に、亀之丞《かめのじょう》さまが!)

いずみ姫《ひめ》は亀之丞《かめのじょう》の名《な》をさけぼうとした。しかし、ぎりぎりで口《くち》をおさえる。

(小野《おの》どのの家来《けらい》が、どこかで聞《き》いているかもしれない。そうしたら、亀之丞《かめのじょう》さまが見《み》つかってしまう)

今村《いまむら》は北《きた》へむかってゆく。そちらには、信濃《しなの》との境《さかい》の山《やま》が連《つら》なっていた。日《ひ》がしずみ、空《そら》が暗《くら》くなってゆく。

どこへ行《い》くの、いつ帰《かえ》ってくるの、という問《と》いが心《こころ》にわいて、あふれそうになったが、いずみ姫《ひめ》はしっかりと口《くち》をおさえたまま、歯《は》を食《く》いしばってがまんした。

(どこへ行《い》くのかも、聞《き》いてはいけない。わたくしが知《し》っているとわかったら、つかまって、しゃべれとおどされる……わたくしは父上《ちちうえ》みたいに、戦《たたか》うことができない。自分《じぶん》の身《み》が守《まも》れないもの。殺《ころ》されたって言《い》わない。でも、わたくしが死《し》んで、父上《ちちうえ》たちが悲《かな》しむのはいや)

やしきの中《なか》から、亀之丞《かめのじょう》の母《はは》の泣《な》きさけぶ声《こえ》が聞《き》こえてきていた。

胸《むね》が痛《いた》くて痛《いた》くて、いずみ姫《ひめ》のひとみから、なみだがぼろぼろとこぼれた。

(亀之丞《かめのじょう》さま……どうか、ごぶじで……。かならず帰《かえ》ってきて、待《ま》っているから)

思《おも》ったとおり、数日後《すうじつご》、小野《おの》が直満《なおみつ》と直義《なおよし》の遺体《いたい》とともに今川氏館《いまがわしやかた》からもどってきて、とても悲《かな》しそうに伝《つた》えた。

「――というわけで、わたしがお助《たす》けしようとしましたが、今川《いまがわ》さまのお怒《いか》りがとけず、このようなことに。今川《いまがわ》さまのご命令《めいれい》で、直満《なおみつ》さまのあとつぎ亀之丞《かめのじょう》さまも、殺《ころ》せ、と」

直盛《なおもり》もそしらぬ顔《かお》で、とても悲《かな》しそうにこう答《こた》えた。

「……小野《おの》、亀之丞《かめのじょう》だが、数日前《すうじつまえ》よりひどい風邪《かぜ》をひき、おととい、熱《ねつ》で死《し》んでしまったのだ。薬《くすり》をさがしに出《で》ていた今村《いまむら》が、『薬《くすり》がまにあわなかったのは、わたしのせいです』と、自害《じがい》(自殺《じさつ》)してしまった……」

「ええっ」

小野《おの》は口《くち》を開《あ》けたきり、何《なに》も言《い》えない。

家来《けらい》たちにも、そういうことにしろ、と直盛《なおもり》がきびしく言《い》っておいたので、これで、亀《かめ》之丞《のじょう》と今村《いまむら》がいないのが不自然《ふしぜん》でなくなった。

直平《なおひら》の努力《どりょく》で、どうにか今川家《いまがわけ》からのうたがいは晴《は》れたものの、ますます井伊家《いいけ》は立場《たちば》が苦《くる》しくなったのだった。

小野《おの》はあきらめず、亀之丞《かめのじょう》は今村《いまむら》と逃《に》げたと考《かんが》えて、こっそりと家来《けらい》にさがさせた。

年《とし》が明《あ》けてすぐ、信濃《しなの》へ続《つづ》くとうげ道《みち》を登《のぼ》っているとき、とうとう見《み》つかった亀之丞《かめのじょう》と今村《いまむら》は、小野《おの》の家来《けらい》から矢《や》を射《い》かけられる。

幸《さいわ》い、必死《ひっし》に逃《に》げた今村《いまむら》が、ぶじ追《お》っ手《て》をふりきって、信濃《しなの》への山道《やまみち》の奥《おく》に消《き》えた。

このことをいずみ姫《ひめ》が知《し》るのは、ずっとずっとあとになる。

# 二　守《まも》られなかった約束《やくそく》

## 悲《かな》しすぎて

亀之丞《かめのじょう》がいなくなって、七年《ななねん》がすぎた。いずみ姫《ひめ》は十七歳《じゅうななさい》になっていた。

井伊家《いいけ》の家老《かろう》の地位《ちい》を追《お》われた小野《おの》が、井伊家《いいけ》を深《ふか》くうらんでいるので、亀之丞《かめのじょう》が帰《かえ》ってくることはできなかった。

亀之丞《かめのじょう》がどこにいるのか知《し》っているのは、南溪和尚《なんけいおしょう》と直平《なおひら》、直盛《なおもり》だけだ。

そんなあるとき、南溪和尚《なんけいおしょう》のもとに、ひそかに手紙《てがみ》がとどいた。亀之丞《かめのじょう》をかくまってくれている者《もの》からだ。和尚《おしょう》は井伊谷城《いいのやじょう》へやって来《き》た。

「殿《との》、大殿《おおとの》、亀之丞《かめのじょう》さまはお達者《たっしゃ》で、十七歳《じゅうななさい》になられました。立派《りっぱ》な大人《おとな》です。井伊谷《いいのや》に帰《かえ》るまではと大人《おとな》になる儀式《ぎしき》を待《ま》っていましたが、見通《みとお》しが立《た》たないので、あきらめて、今《いま》いる村《むら》で儀式《ぎしき》をしたいそうです。なので、大人《おとな》の名前《なまえ》をちょうだいしたいと」

そっと知《し》らされ、直平《なおひら》が喜《よろこ》んだ。

「それはよかった。では……親《おや》からひきはなしてしまったので、親《おや》を思《おも》えるよう、『直《なお》親《ちか》』としよう。使《つか》いの者《もの》に伝《つた》えてくれ」

「かならず、いつか井伊谷《いいのや》へ帰《かえ》してやるから、信《しん》じて待《ま》っていてくれ、とも」

直盛《なおもり》も真剣《しんけん》な顔《かお》で言《い》う。

部屋《へや》にだれも近《ちか》づくなと言《い》われたので、家来《けらい》がお湯《ゆ》をわかして湯飲《ゆの》みを用意《ようい》しかけたままになっていた。

南溪和尚《なんけいおしょう》が来《き》たのを見《み》かけたいずみ姫《ひめ》が、それに気《き》がついた。

「あら、だれも飲《の》みものを運《はこ》んでいないのかしら。台所《だいどころ》に、湯飲《ゆの》みだけ置《お》いてある」

いずみ姫《ひめ》はみずから、三人《さんにん》のもとへ白湯《さゆ》を運《はこ》んでいった。けれど部屋《へや》に入《はい》ろうとしたとき、亀之丞《かめのじょう》という名前《なまえ》が聞《き》こえて、足《あし》を止《と》めた。

(亀之丞《かめのじょう》さまが、ごぶじでいらっしゃる！)

舞《ま》いあがって部屋《へや》にかけこんでしまいそうになる気持《きも》ちをおさえ、いずみ姫《ひめ》はじっと耳《みみ》をかたむける。南溪和尚《なんけいおしょう》は続《つづ》けた。

「手紙《てがみ》には、その村《むら》の有力者《ゆうりょくしゃ》の娘《むすめ》との結婚《けっこん》が、すでに決《き》まっている、と。あらのかたがたに、とても気《き》に入《い》られているようです」

「結婚《けっこん》……そんな歳《とし》になるのか」

（……そんなっ……結婚《けっこん》するのは、わたくし。亀之丞《かめのじょう》さまのお嫁《よめ》さまになるのは、わたくしなのに！　約束《やくそく》を裏切《うらぎ》られた……）

なぐられたような衝撃《しょうげき》で、頭《あたま》の中《なか》が真《ま》っ白《しろ》になり、いずみ姫《ひめ》はおぼんを落《お》として、その場《ば》からめちゃくちゃに走《はし》って逃《に》げだした。

どこをどう走《はし》ったのかわからない。

気《き》がつくと、あの神社《じんじゃ》の井戸《いど》にいた。まぶしい夏《なつ》の光《ひかり》の中《なか》で、亀之丞《かめのじょう》とふたりで、わきでる水《みず》をのぞきこんだことを思《おも》いだす。

――『……亀之丞《かめのじょう》さま、わたくしをお嫁《よめ》さまにしてくださいますよね？』

――『それが、わたしの生《い》きる道《みち》だと思《おも》っている。きみと、わたし自身《じしん》への約束《やくそく》だ。きみとふたりで、井伊谷《いいのや》を守《まも》って生《い》きていくって』

（もともとは、父上《ちちうえ》が決《き》めた結婚《けっこん》の約束《やくそく》。だから父上《ちちうえ》は、それが変《か》わってしまっても、し

かたないと思《おも》われるのかも。……でも、わたしたちは、ふたりで、ちゃんと約束《やくそく》した。結《けっ》婚《こん》して、ふたりで井伊谷《いいのや》を守《まも》るって)

子《こ》どもの約束《やくそく》だけれど、かんたんにやぶっていい約束《やくそく》など、この世《よ》にひとつもない。

(亀之丞《かめのじょう》さま……どうして……あきらめてしまったの。わたくしは、待《ま》っているのに)

もう井伊谷《いいのや》には帰《かえ》れない、いずみ姫《ひめ》にも会《あ》えないと、亀之丞《かめのじょう》は思《おも》ってしまったのかもしれない。

(亀之丞《かめのじょう》さまは、知《し》らないところでひとりぼっち。さびしくてさびしくて、きっとあきらめてしまったのね。……でもわたくしには、けっしてあきらめることのできない、唯一《ゆいいつ》の望《のぞ》みだった。それがこわれてしまった)

ぼろぼろとなみだがこぼれ、井戸《いど》わくの石《いし》に落《お》ちた。

(亀之丞《かめのじょう》さまが悪《わる》いのではない。だからこそ……悲《かな》しすぎる、運命《うんめい》がつらすぎる)

「姫《ひめ》さま、こちらにいらっしゃいましたか」

気《き》づくと、南溪和尚《なんけいおしょう》がいずみ姫《ひめ》のかたわらに立《た》っていた。

「和尚《おしょう》さま……お願《ねが》いがあります」

いずみ姫《ひめ》は立《た》ちあがり、なみだながらに、和尚《おしょう》を見《み》つめた。

「わたくし、もう、悲《かな》しくてつらくて、このままでは生《い》きてゆく望《のぞ》みもありません。どうか、わたくしを出家《しゅっけ》させてください。尼《あま》になりたいのです」

「早《はや》まることはありません。姫《ひめ》、一度《いちど》出家《しゅっけ》したら、黒《くろ》い衣《ころも》を着《き》て、お経《きょう》をとなえて修行《しゅぎょう》する毎日《まいにち》。もうきれいな着物《きもの》も着《き》られず、お好《す》きな遊《あそ》びや、結婚《けっこん》もできないのですぞ」

「それでいいのです。きっと、父上《ちちうえ》はわたくしに、別《べつ》のおむこさまをむかえて、井伊家《いいけ》をつがせようとするでしょう。そんなのはぜったいにいや！」

井戸《いど》の反対側《はんたいがわ》へ走《はし》り、和尚《おしょう》からはなれると、いずみ姫《ひめ》はいきなりふところから守《まも》り刀《がたな》の短刀《たんとう》を出《だ》した。長《なが》い髪《かみ》をたばねた元《もと》をつかむと、ざっくりと切《き》り落《お》としてしまう。

「これで、尼《あま》です！」

「なんということをなさる。髪《かみ》を切《き》ってしまうとは」

和尚《おしょう》に短刀《たんとう》をとりあげられ、いずみ姫《ひめ》は髪《かみ》のたばを投《な》げすてて、わっと泣《な》きだした。女性《じょせい》が髪《かみ》を肩《かた》のあたりまでで切《き》るのは、尼《あま》になるというちかいのしるしだ。

城《しろ》へはもどらないといういずみ姫《ひめ》を、和尚《おしょう》は龍泰寺《りゅうたいじ》へとにかく連《つ》れて帰《かえ》った。

いずみ姫《ひめ》が、どうしても出家《しゅっけ》する、尼《あま》になると言《い》って聞《き》かないので、直盛《なおもり》と椿《つばき》の方《かた》をよんで、話《はな》しあう。

髪《かみ》を勝手《かって》に切《き》ってしまったいずみ姫《ひめ》に、両親《りょうしん》は青《あお》ざめた。

「いずみ、井伊家《いいけ》には、おまえしか子《こ》どもがいないのだ。尼《あま》になって、家《いえ》を出《で》るなどと、おろかなことを言《い》うな」

直盛《なおもり》がきびしくしかる。

「父上《ちちうえ》、それならわたくしは、今《いま》すぐにでも死《し》にます。亀之丞《かめのじょう》さまがわたくしをお嫁《よめ》さまにしなくても、わたくしは亀之丞《かめのじょう》さま以外《いがい》の人《ひと》のお嫁《よめ》さまにはなれません！　わたくしは、約束《やくそく》を裏切《うらぎ》ることは、ぜったいにしません！」

「死《し》ぬなんて言《い》わないで、いずみ。親《おや》より先《さき》に死《し》ぬなんて」

椿《つばき》の方《かた》がすがりつく。

「親《おや》より先《さき》に死《し》ぬ親不孝《おやふこう》は、わたくしだって、本当《ほんとう》はしたくありません、ですから、尼《あま》になるのです。だれかのお嫁《よめ》さまにならなくてすむよう」

「ばかなことを言《い》うな！」

直盛《なおもり》が怒《おこ》り、いずみ姫《ひめ》が言《い》い返《かえ》す。

「わたくしは裏切《うらぎ》りたくないのっ」

夜《よる》おそくまで話《はな》しあっても、いずみ姫《ひめ》の決心《けっしん》は変《か》わらなかった。親子《おやこ》げんかを見《み》かねた南溪和尚《なんけいおしょう》が、ついに口《くち》をはさんだ。

「殿《との》、奥方《おくがた》さま、いちばん傷《きず》ついておられるのは、いずみ姫《ひめ》さまですぞ」

その言葉《ことば》にはっとなった両親《りょうしん》が、だまる。

「姫《ひめ》さまはみずから髪《かみ》を切《き》り、尼《あま》になったのです。このまっすぐな思《おも》いをねじ曲《ま》げることは、どなたにもできますまい。姫《ひめ》の名《な》を捨《す》てて尼《あま》の名《な》をつけ、しばらく寺《てら》であずかりましょう。心《こころ》が落《お》ちつくまで、尼《あま》の修行《しゅぎょう》をしていただくのがよろしいかと」

「和尚《おしょう》までそんなことを！」

「尼《あま》の名《な》をつけるなんて、やめてください。それでは、結婚《けっこん》できなくなってしまいます」

あわてる両親《りょうしん》に、いずみ姫《ひめ》はますます反発《はんぱつ》した。

「わたくしの心《こころ》は、わたくしのものです。どうか、尼《あま》の名《な》をつけてください！」

また親子《おやこ》がもめはじめる。なので、考《かんが》えたあげくに和尚《おしょう》がこう提案《ていあん》した。

「では、尼《あま》の名《な》はやめましょう。結婚《けっこん》できませんので。しかし男《おとこ》の僧《そう》なら、あとつぎがいなくなったとき、武士《ぶし》にもどって家《いえ》をつぎ、結婚《けっこん》することができます。なので、男《おとこ》の僧《そう》の名《な》にします。よろしいですな」

なんとも巧妙《こうみょう》な提案《ていあん》に、いずみ姫《ひめ》も直盛《なおもり》も椿《つばき》の方《かた》も、反論《はんろん》が思《おも》いつかない。そのすきに、南溪和尚《なんけいおしょう》はすばやく決《き》めてしまった。

「では、井伊家《いいけ》のあとつぎの男子《だんし》は、代々子《だいだいこ》どものころの名《な》を次郎《じろう》といいます。次郎《じろう》と、僧《そう》をあらわす法師《ほうし》で、『次郎法師《じろうほうし》』。今《いま》からは、いずみ姫《ひめ》という者《もの》はこの世《よ》におりません。次郎法師《じろうほうし》がいるだけです」

こうして、次郎法師《じろうほうし》は寺《てら》で修行《しゅぎょう》の日々《ひび》を送《おく》ることになった。

さらに三年《さんねん》あまりがすぎた、天文二十四年《てんぶんにじゅうよねん》（一五五五）の春《はる》。

仏《ほとけ》さまにそなえる花《はな》を、若草《わかくさ》の野原《のはら》でつんでいた次郎法師《じろうほうし》は、後《うし》ろから若者《わかもの》に声《こえ》をかけられた。

「もし、尼《あま》さま。わたしにも、一輪《いちりん》いただけませんか。亡《な》き父《ちち》の墓《はか》にそなえたいのです」

「ええ、喜《よろこ》んで」

ふりかえり、花《はな》をさしだした次郎法師《じろうほうし》は、悲《かな》しげにほほえんでいる旅《たび》すがたの若《わか》い武士《ぶし》が、亀之丞《かめのじょう》だと気《き》づいた。やさしそうな目元《めもと》は、まったく変《か》わっていない。

「……亀之丞《かめのじょう》さま……」

どうしようもなく、なみだがあふれた。手《て》から花《はな》が落《お》ちる。

「いずみ姫《ひめ》……だね？　ただいま、もどりました」

次郎法師《じろうほうし》は何《なに》も言《い》えずにうつむいた。

話《はな》したいことは、尼《あま》になるまではたくさんあった。でも、今《いま》は……すべて捨《す》ててしまった。あのとき、長《なが》い髪《かみ》といっしょに。それに気《き》がついたのは、しばらくしてからだ。

次郎法師《じろうほうし》の心《こころ》は、あれからずっと、空《から》っぽだった。いざ再会《さいかい》しても、言葉《ことば》も思《おも》いもとりもどせず、ひたすらむなしいだけ。

（ごぶじでよかった、と笑《わら》って言《い》わなくては）

でも、言葉《ことば》が出《で》てこない。亀之丞《かめのじょう》――直親《なおちか》はしずかに言《い》う。

「わたしを許《ゆる》してはくれないだろうね。覚悟《かくご》していたよ。……きみと結婚《けっこん》し、直盛《なおもり》さまのあとをつぐために、帰《かえ》ってきた。信濃《しなの》に、妻《つま》と子《こ》を残《のこ》して……」

(妻《つま》と子《こ》……)

ぎゅうっと、次郎法師《じろうほうし》はくちびるをかんだ。胸《むね》が痛《いた》い。

「尼《あま》ではなく、法師《ほうし》の名《な》になったのは、わたしを待《ま》つためだと、和尚《おしょう》さまの手紙《てがみ》にあったよ。……でも、わたしを見《み》ても、きみは笑《わら》ってはくれない。顔《かお》をこわばらせ、うつむくばかりで……」

直親《なおちか》もとても悲《かな》しげだった。

「わたしも、うれしくてうれしくてたまらない、という気持《きも》ちにはなれない。信濃《しなの》で争《あらそ》いをおこさず、おだやかに生《い》きるため、世話《せわ》になっている人《ひと》に逆《さか》らえなかったとはいえ、きみを裏切《うらぎ》ったのは確《たし》かなんだ……」

直親《なおちか》の言葉《ことば》がとぎれた。

(……犠牲《ぎせい》になったのは、わたくしばかりではない。亀之丞《かめのじょう》さまも、信濃《しなの》で妻《つま》となったたか

たも、お子《こ》さまも……)

「いいえ、しかたがなかったのです」

次郎法師《じろうほうし》は顔《かお》をあげ、泣《な》きながら笑《え》みをつくった。

「お帰《かえ》りなさいませ、亀之丞《かめのじょう》さま。……あなたを待《ま》てなかったのは、おろかなわたくしです。もう、尼《あま》となっては、結婚《けっこん》できません」

直親《なおちか》が絶句《ぜっく》する。

「……あなたのお子《こ》さまから、父親《ちちおや》をうばったのに、どうして自分《じぶん》だけ幸《しあわ》せな結婚《けっこん》ができるというの?」

強《つよ》い風《かぜ》が、花《はな》を散《ち》らしながら、ふたりの間《あいだ》を吹《ふ》きぬけていった。

前年《ぜんねん》の秋《あき》に小野《おの》が病死《びょうし》したので、南溪和尚《なんけいおしょう》はそのことを、直親《なおちか》に知《し》らせた。直盛《なおもり》が、帰《かえ》って次郎法師《じろうほうし》と結婚《けっこん》するようにと言《い》っていることも。直親《なおちか》は、妻《つま》とその一族《いちぞく》、世話《せわ》になっていた人《ひと》たちとしばらく話《はな》しあっていたようだ。

春《はる》を待《ま》ち、直親《なおちか》は今村《いまむら》とともに井伊谷《いいのや》に帰《かえ》ってきた。信濃《しなの》では、伊奈谷《いなだに》(現在《げんざい》の長野県《ながのけん》

上伊那郡《かみいなぐん》から下伊那郡《しもいなぐん》にわたる地域《ちいき》）の南《みなみ》、市田《いちだ》の郷《さと》（現在《げんざい》の長野県下伊那郡高森町《ながのけんしもいなぐんたかもりまち》）という
ところで、南溪和尚《なんけいおしょう》の知《し》っている寺《てら》にいたのだという。

「何《なに》？　すると次郎法師《じろうほうし》は、直親《なおちか》と結婚《けっこん》しないと、今度《こんど》は言《い》い張《は》っているのか……」

直盛《なおもり》が頭《あたま》をかかえる。直平《なおひら》と椿《つばき》の方《かた》もこまりはてていた。直親《なおちか》と、四人《よにん》で話《はな》しあう。

「ええい、あのがんこ者《もの》め。直親《なおちか》、そなたはそれでいいのか？」

直親《なおちか》はしずかに答《こた》えた。

「……たがいに傷《きず》ついたままで、うまくやっていけるとも思《おも》いません。しかし、わたしにあとつぎの子《こ》ができないのも、井伊家《いいけ》としてはこまるのもわかっています。殿《との》のすすめる娘《むすめ》と、結婚《けっこん》します」

直親《なおちか》が覚悟《かくご》を決《き》めたようすなので、直盛《なおもり》と椿《つばき》の方《かた》は、「すまない」とわびた。

「おまえの嫁《よめ》には、事情《じじょう》をすべてわかって支《ささ》えてくれる、やさしくかしこい娘《むすめ》をさがそう。わしのあとをついで、井伊家《いいけ》の次《つぎ》の当主《とうしゅ》となってくれ」

弘治二年《こうじにねん》（一五五六）、二十二歳《にじゅうにさい》の直親《なおちか》は、奥山朝利《おくやまともとし》という井伊家家臣《いいけかしん》の娘《むすめ》と結婚《けっこん》した。

この娘《むすめ》もやはり、名前《なまえ》はわからないが、父《ちち》の名《な》から「朝《とも》の方《かた》」とよんでおく。

次郎法師《じろうほうし》はこのことを、今村《いまむら》から伝《つた》えられた。

「……直親《なおちか》さまが、心《こころ》おだやかにすごせることを、仏《ほとけ》さまに祈《いの》って暮《く》らします」

次郎法師《じろうほうし》は、むなしさをかみしめながら、小《ちい》さな声《こえ》で答《こた》えた。直親《なおちか》と結婚《けっこん》しないと決《き》めたのは、自分自身《じぶんじしん》だ。だれが悪《わる》いわけでもない。

「次郎法師《じろうほうし》さま。信濃《しなの》での直親《なおちか》さまのお子《こ》さまは、男《おとこ》の子《こ》でした。妻子《さいし》を井伊谷《いいのや》に連《つ》れて帰《かえ》れば、ご自分《じぶん》の父上《ちちうえ》が殺《ころ》され、ご自分《じぶん》が命《いのち》をねらわれたように、そのお子《こ》さまにもつらい運命《うんめい》が待《ま》っているかもしれません。

事情《じじょう》をよくわかっている井伊谷《いいのや》の女《おんな》たちならともかく、ほかの土地《とち》のかたを悲《かな》しい運命《うんめい》に巻《ま》きこむわけにはいかないと、妻子《さいし》の幸《しあわ》せを願《ねが》って、別《わか》れてきたのでございます」

「直親《なおちか》さまは、おやさしいかたですもの」

今村《いまむら》は次郎法師《じろうほうし》の言葉《ことば》に、ほっとした顔《かお》になった。

「直親《なおちか》さまはいつも、物思《ものおも》いにふけっては、よく横笛《よこぶえ》を吹《ふ》いておられました。『このまま帰《かえ》れなかったら、いずみ姫《ひめ》にはだれかと幸《しあわ》せになってほしい』とも。けれどそうおっしゃったあとはいつも、ひとりで笛《ふえ》を吹《ふ》かれていました」

「わたくしが仏《ほとけ》さまに祈《いの》るのとおなじように、笛《ふえ》を吹《ふ》かれていたのですね……」

次郎法師《じろうほうし》は、むなしさをまぎらすため、ますます祈《いの》りの深《ふか》い日々《ひび》をすごすのだった。

## 悲劇《ひげき》は続《つづ》く

四年後《よねんご》、永禄三年《えいろくさんねん》（一五六〇）、今川義元《いまがわよしもと》は、尾張《おわり》（現在《げんざい》の愛知県西部《あいちけんせいぶ》）の織田信長《おだのぶなが》の領地《りょうち》をうばおうと考《かんが》えた。そのため五月十一日《ごがつじゅういちにち》、直盛《なおもり》は今川《いまがわ》がたの武将《ぶしょう》として、井伊谷城《いいのやじょう》を出陣《しゅつじん》した。直盛《なおもり》は直親《なおちか》に留守《るす》をたのむと、こうつぶやいた。

「今回《こんかい》は、兵糧《ひょうろう》（食料《しょくりょう》）運《はこ》び隊《たい》の警護《けいご》か、小《ちい》さい砦攻《とりでぜ》めの役《やく》にしていただけると、それほど兵《へい》も死《し》なずにすむのだが」

「いずれにしろ、ごぶじにお帰《かえ》りください」

「ああ、心配《しんぱい》するな。まだ直親《なおちか》には、当主《とうしゅ》の役目《やくめ》を十分《じゅうぶん》に教《おし》えていないのでな、死《し》ぬわけにはいかん」

ところが……。五月二十日《ごがつはつか》、馬《うま》に乗《の》せて家来《けらい》が連《つ》れ帰《かえ》ったのは、直盛《なおもり》の遺体《いたい》だった。

「殿《との》、お討《う》ち死《じ》にでございます！　ご無念《むねん》の最期《さいご》でした」

「……そんなっ」

直親《なおちか》と椿《つばき》の方《かた》、直平《なおひら》は絶望《ぜつぼう》した。遺体《いたい》をだきかかえて、直平《なおひら》がなげく。

「直盛《なおもり》までもが死《し》んでしまうとは……年老《としお》いたわしばかりが、生《い》きておる」

家来《けらい》の話《はなし》では、直盛《なおもり》が希望《きぼう》していた役目《やくめ》は、今川《いまがわ》の人質《ひとじち》だった十九歳《じゅうきゅうさい》の若者《わかもの》松平元康《まつだいらもとやす》のものとなり、直盛《なおもり》は危険《きけん》な先手役《さきてやく》にわりあてられたというのだ。先手役《さきてやく》とは、軍勢《ぐんぜい》の先頭《せんとう》を進《すす》み、じゃましてくる敵兵《てきへい》とぶつかって、しりぞける役目《やくめ》だ。

義元《よしもと》からまた、父《ちち》を殺《ころ》された直親《なおちか》が今川《いまがわ》をうらんで反乱《はんらん》をおこすのでは、とうたがわれていることを、直盛《なおもり》は知《し》った。わざと危険《きけん》な役目《やくめ》につけられたのだ。うたがいをといて、直親《なおちか》を守《まも》るためには、命《いのち》をかけてしたがうしかない。

織田信長《おだのぶなが》ごとき、たいしたことはないと、今川《いまがわ》がたでは思《おも》われていた。それがまちがいだったのだ。

「昨日《きのう》、尾張《おわり》の桶狭間山《おけはざまやま》（現在《げんざい》の愛知県名古屋市緑区《あいちけんなごやしみどりく》と愛知県豊明市《あいちけんとよあけし》にまたがる）で昼休《ひるやす》みになったとき、急《きゅう》にひどい嵐《あらし》になりました。そのとき、思《おも》いがけず、織田軍《おだぐん》が攻《せ》めてきたのです。敵《てき》は二手《ふたて》に分《わ》かれ、ひとつは今川《いまがわ》さまの本隊《ほんたい》、ひとつはわれら先手役《さきてやく》をおそいました。

不意《ふい》をつかれ、今川《いまがわ》さまはお討《う》ち死《じ》に、そのことにいきおいづいた敵《てき》と戦《たたか》った殿《との》も、井伊《いい》の家臣《かしん》も、ほとんどが……。殿《との》からは『若《わか》い直親《なおちか》に、すべて教《おし》えることができず、無念《むねん》だ。大殿《おおとの》によろしくお願《ねが》いする』とのご遺言《ゆいごん》がございました」

こうして、井伊直盛《いいなおもり》は亡《な》くなった。井伊家《いいけ》には、年老《としお》いた直平《なおひら》と、若《わか》い直親《なおちか》が残《のこ》った。

「父上《ちちうえ》が、お討《う》ち死《じ》に……!!」

龍泰寺《りゅうたいじ》でしらせを受《う》け、次郎法師《じろうほうし》は泣《な》きくずれかけた。けれど、けんめいに体《からだ》をおこし、ひたすら仏《ほとけ》に祈《いの》る。

（どうか、直親《なおちか》さまとひいおじいさまは、ぶじに長生《ながい》きできますよう）

尼《あま》の次郎法師《じろうほうし》にできるのは、井伊家《いいけ》の男《おとこ》たちの悲劇《ひげき》がくり返《かえ》されないよう、祈《いの》ることだけだった。

南溪和尚《なんけいおしょう》は、寺《てら》の名《な》を龍泰寺《りゅうたいじ》から、直盛《なおもり》の戒名《かいみょう》（死後《しご》の名《な》）にちなんで、龍潭寺《りょうたんじ》に変《か》えた。何《なに》かを変《か》えることで、井伊家《いいけ》の運命《うんめい》も変《か》えたかったのかもしれない。

翌年《よくとし》の二月《にがつ》、直親《なおちか》と朝《とも》の方《かた》とのあいだに、ようやく子《こ》どもが生《う》まれた。あとつぎとなる男《おとこ》の子《こ》だ。直平《なおひら》は大喜《おおよろこ》びし、「井伊家《いいけ》の男《おとこ》たちの魂《たましい》をつぐ子《こ》だ、たくましく、強《つよ》く育《そだ》て」と、強《つよ》そうな名《な》を考《かんが》え、虎松《とらまつ》と名《な》づけた。

「あとつぎの子《こ》は、次郎《じろう》ではないのですか？」

直親《なおちか》がたずねると、直平《なおひら》は笑《わら》った。

「次郎《じろう》は、次郎法師《じろうほうし》の名《な》であろうが？　ふたりもいては、ややこしい」

虎松《とらまつ》が生《う》まれたことを聞《き》いた次郎法師《じろうほうし》は、こう思《おも》って喜《よろこ》んだ。

（あとつぎが生《う》まれ、これでようやく井伊家《いいけ》も栄《さか》えていくほうに、変《か》わるでしょう）

けれど、そうはいかなかった。

いずみ姫《ひめ》と結婚《けっこん》して、井伊谷《いいのや》を手《て》に入《い》れると父親《ちちおや》に言《い》われてその気《き》だったのに、失敗《しっぱい》した男《おとこ》が、まだしつこく井伊家《いいけ》をうらんでいたのだ。小野《おの》の息子《むすこ》だ。

小野《おの》の息子《むすこ》は、桶狭間山《おけはざまやま》で亡《な》くなった今川義元《いまがわよしもと》の、あとをついだ息子《むすこ》・今川氏真《いまがわうじざね》に、でたらめのつげ口《ぐち》をした。父親《ちちおや》の小野《おの》とおなじ手《て》を使《つか》ったのだ。

「井伊家《いいけ》の殿《との》が亡《な》くなったのを、家臣《かしん》の奥山朝利《おくやまともとし》が、今川家《いまがわけ》のせいだとうらんでおります」と。氏真《うじざね》は怒《おこ》って、奥山《おくやま》を殺《ころ》せ、と命《めい》じた。

このつげ口《ぐち》に気《き》がついた奥山《おくやま》は、小野《おの》の息子《むすこ》をたおそうとやしきをおそうが、待《ま》ちかまえていた小野《おの》の息子《むすこ》に殺《ころ》されてしまう。

今川家《いまがわけ》の命令《めいれい》には逆《さか》らえないだろう、と小野《おの》の息子《むすこ》は井伊家《いいけ》に言《い》い訳《わけ》して、仕返《しかえ》しをのがれたのだった。

悲劇《ひげき》が終《お》わっていなかったことに、次郎法師《じろうほうし》はふるえ、悲《かな》しみにうちひしがれた。

「朝《とも》の方《かた》さまの父上《ちちうえ》が、殺《ころ》されたのですか⁉」

次郎法師《じろうほうし》は直親《なおちか》の身《み》を心配《しんぱい》した。小野《おの》の息子《むすこ》が何《なに》よりうらんでいるのは、殺《ころ》しそこねた直親《なおちか》ではないだろうか。死《し》んだと小野《おの》をだまして、大人《おとな》になってから、生《い》きて帰《かえ》ってきた。

そして井伊家《いいけ》の当主《とうしゅ》におさまっている。あとつぎも生《う》まれた。

(本当《ほんとう》にねらわれているのは、奥山《おくやま》どのではなく、直親《なおちか》さまでは)

次郎法師《じろうほうし》は、井伊谷城《いいのやじょう》をたずね、このことを直親《なおちか》に伝《つた》えた。

「ありがとう。よく気《き》をつけるよ。わたしは虎松《とらまつ》を、父親《ちちおや》のない息子《むすこ》にするわけにはいかない。信濃《しなの》に残《のこ》してきた子《こ》のためにも」

直親《なおちか》は真剣《しんけん》な表情《ひょうじょう》だった。

「そうだ、きみにたのみたいことがある」

部屋《へや》のたなに置《お》いてある箱《はこ》から、直親《なおちか》は一枚《いちまい》の紙《かみ》を出《だ》した。次郎法師《じろうほうし》に手《て》わたす。

「……『政《まつりごと》』……ですか？」

紙《かみ》に書《か》いてあったのは、「政《まつりごと》」のたった一文字《ひともじ》だった。

「そう。わたしは、井伊谷《いいのや》の民《たみ》を守《まも》りたい。今《いま》、『政《まつりごと》』といえば、民《たみ》を治《おさ》めて領地《りょうち》を守《まも》ることだ。けれど『まつりごと』はもともと、人《ひと》の力《ちから》をつくしたうえでもなお、神《かみ》を敬《うやま》い、神《かみ》に祈《いの》って、神《かみ》の力《ちから》にすがることだったという。わたしはおごることなく、人《ひと》の力《ちから》をつくし、さらに神仏《しんぶつ》の加護《かご》を願《ねが》いたい。次郎法師《じろうほうし》、きみにも、ともに祈《いの》ってほしいんだ」

「わたくしもいっしょに、井伊谷《いいのや》の人々《ひとびと》のために祈《いの》る……はい、喜《よろこ》んで」

直親《なおちか》はほほえんだ。

「きみとわたし、ふたりで井伊谷《いいのや》を治《おさ》めてゆくことはかなわない。でも、ともに『まつりごと』のため、祈《いの》ることはできるよね。わたしが書《か》いたその字《じ》を、龍潭寺《りょうたんじ》の仏《ほとけ》さまにそなえ、祈《いの》ってくれ」

（直親《なおちか》さまとふたりで、心《こころ》を合《あ》わせてできることがまだあった）

次郎法師《じろうほうし》はうれしかった。


今川義元《いまがわよしもと》が桶狭間《おけはざま》で亡《な》くなったとき、どさくさにまぎれて、今川軍《いまがわぐん》から逃《に》げだした若者《わかもの》がいた。松平元康《まつだいらもとやす》だ。

元康《もとやす》は父親《ちちおや》の城《しろ》だった三河《みかわ》（現在《げんざい》の愛知県東部《あいちけんとうぶ》）の岡崎城《おかざきじょう》（現在《げんざい》の愛知県岡崎市《あいちけんおかざきし》にあった）へ帰《かえ》ると、義元《よしもと》にもらった「元《もと》」の字《じ》をやめて、「家康《いえやす》」となのることにした。今川家《いまがわけ》からの独立宣言《どくりつせんげん》だ。このことに今川家《いまがわけ》は怒《おこ》っていた。

そこに小野《おの》の息子《むすこ》はつけこんだのだ。

「井伊直親《いいなおちか》どのは、松平家康《まつだいらいえやす》や、松平《まつだいら》と仲《なか》のよい織田信長《おだのぶなが》と仲間《なかま》になり、今川《いまがわ》の家来《けらい》をやめようとしています」と、うそを今川氏真《いまがわうじざね》にしらせた。

『どういうつもりか、話《はなし》を聞《き》く。井伊直親《いいなおちか》は、駿府《すんぷ》の今川氏館《いまがわしやかた》まで出《で》てこい』

そんな命令《めいれい》の手紙《てがみ》が来《き》て、直親《なおちか》は行《い》くしかなくなった。直平《なおひら》が心配《しんぱい》する。

「おまえの父《ちち》と叔父《おじ》も、そうやって、おぼえのないことでよびだされ、殺《ころ》されたのだ。これは、罠《わな》に決《き》まっている」

「大殿《おおとの》のご心配《しんぱい》のとおりだと、わたしも思《おも》います。しかし、そのうたがいが晴《は》れなければ、井伊谷《いいのや》は今川《いまがわ》に攻《せ》められ、井伊家《いいけ》はほろぼされます。わたしは戦《たたか》います」

直親《なおちか》が今川氏館《いまがわしやかた》へ行《い》くと聞《き》いて、次郎法師《じろうほうし》も不安《ふあん》でたまらなくなった。また直親《なおちか》をたずね、直平《なおひら》とおなじことを言《い》う。

「行《い》ってはなりません。手紙《てがみ》で伝《つた》えれば、よろしいではないですか」

「それでは、きっと信《しん》じてはもらえない」

「でも、これはぜったいに罠《わな》です。わかっていて、井伊家《いいけ》の男《おとこ》が、二度《にど》も罠《わな》にかかりに行《い》くなんて」

「生《い》きて帰《かえ》る」

直親《なおちか》は強《つよ》い口調《くちょう》で言《い》い、まだ止《と》めようとする次郎法師《じろうほうし》を制《せい》した。

「生《い》きて帰《かえ》らなくて、どうする。信濃《しなの》に十年《じゅうねん》もかくれて生《い》きぬいた意味《いみ》がない。……きみとの約束《やくそく》をあきらめた意味《いみ》が、ないんだ。今度《こんど》こそ、何《なに》ごともなく帰《かえ》ると、約束《やくそく》するよ」

ふたりは見《み》つめあった。

「……わかりました。直親《なおちか》さま、生《い》きて帰《かえ》ってください」

「もどるまで、虎松《とらまつ》をたのむ」

永禄五年《えいろくごねん》（一五六二）の十二月《じゅうにがつ》、直親《なおちか》は護衛《ごえい》の家来《けらい》を十八人《じゅうはちにん》ほど連《つ》れて、今川氏館《いまがわしやかた》へむかった。けれど、とちゅうの掛川城《かけがわじょう》（現在《げんざい》の静岡県掛川市《しずおかけんかけがわし》にあった）の城下町《じょうかまち》を通《とお》りかかったとき、掛川城《かけがわじょう》にかくれていたおおぜいの兵《へい》が、直親《なおちか》たちをおそう。

家来《けらい》たちともども、直親《なおちか》は殺《ころ》された。十二月十四日《じゅうにがつじゅうよっか》のことだった。最初《さいしょ》から、氏真《うじざね》は直《なお》親《ちか》の話《はなし》を聞《き》くつもりなど、なかったのだろう。

井伊直親《いいなおちか》、二十八歳《にじゅうはちさい》だった。

「直親《なおちか》さま……またもわたくしとの約束《やくそく》を、守《まも》ってくださらなかった……」

直親《なおちか》のお葬式《そうしき》で、次郎法師《じろうほうし》はなげき、やるせない思《おも》いをかみしめた。

(どうして、仏《ほとけ》さまはわたくしの祈《いの》りを聞《き》きとどけてくださらないの。どうして……)

お葬式《そうしき》では、泣《な》いて立《た》ちあがれない朝《とも》の方《かた》のとなりで、世話係《せわがかり》にだかれた幼《おさな》い虎松《とらまつ》が何《なに》も知《し》らず、笑《わら》っている。その笑《わら》い声《ごえ》がますます、みなのなみだをさそうのだった。

(なんてあどけなく、かわいらしい。直親《なおちか》さまはもう、この子《こ》の育《そだ》つすがたを見《み》ることができない……)

次郎法師《じろうほうし》は、はっとして、なみだをぬぐった。

(虎松《とらまつ》の笑顔《えがお》をもっと見《み》たかったのは、直親《なおちか》さまがいちばんのはず。わたくしは泣《な》こうがわめこうがどうしようが、虎松《とらまつ》を見《み》ていられる。虎松《とらまつ》のかわいらしさに、つい、笑《わら》うこともできる。そう……まだ、笑《わら》える。ならば、泣《な》くのはやめよう)

強《つよ》くなる、と次郎法師《じろうほうし》は仏《ほとけ》にちかった。

(泣《な》いたり、だれかのせいにしていては、何《なに》も変《か》わらない。強《つよ》くなり、自分自身《じぶんじしん》で変《か》えていかなくては……できることから)

いつのまにか、仏《ほとけ》に祈《いの》る次郎法師《じろうほうし》の横《よこ》に直平《なおひら》が立《た》っていた。

「もう泣《な》かないのだな、次郎法師《じろうほうし》」

「ひいおじいさま、直親《なおちか》さまは、約束《やくそく》を二度《にど》もやぶる気《き》など、ひとかけらもなかったはず。最期《さいご》まで守《まも》ろうと戦《たたか》ったはず。守《まも》りたくても、守《まも》れなかった約束《やくそく》……わたくしは、今《いま》こそ、約束《やくそく》します、直親《なおちか》さまに。わたくしが虎松《とらまつ》を守《まも》りぬきます。虎松《とらまつ》が自分《じぶん》で自分《じぶん》を守《まも》れるようになるまで」

「わしも、かならず虎松《とらまつ》を守《まも》るぞ。長生《ながい》きしなくては。わしが死《し》ぬわけにはいかん」

直親《なおちか》が亡《な》くなった翌年《よくとし》、永禄六年《えいろくろくねん》(一五六三)の秋《あき》。

今川氏真《いまがわうじざね》が、父義元《ちちよしもと》のかたき討《う》ちをする、と言《い》いだして、織田《おだ》の領地《りょうち》を攻《せ》めるために今《いま》川氏館《がわしやかた》を出発《しゅっぱつ》した。井伊家《いいけ》にも、武将《ぶしょう》と兵《へい》を出《だ》すように、との命令《めいれい》が下《くだ》る。

けれど……男《おとこ》がみんな死《し》んでしまっている井伊家《いいけ》に、武将《ぶしょう》は年老《としお》いた直平《なおひら》ただひとり、家臣《かしん》もごくわずかしかいなかった。直盛《なおもり》や直親《なおちか》とともに戦《たたか》って、主《おも》な家臣《かしん》たちも死《し》んでしまっていたのだ。それでも、今川家《いまがわけ》に逆《さか》らったら、またひどいめにあうのは確実《かくじつ》だ。

「わしが行《い》こう。まだわしだって、戦《たたか》うことはできる」

直平《なおひら》は氏真《うじざね》のあとを追《お》って、出陣《しゅつじん》していった。

井伊谷《いいのや》に残《のこ》されたのは、南渓和尚《なんけいおしょう》と女《おんな》たち、そして虎松《とらまつ》だけだ。次郎法師《じろうほうし》は仏《ほとけ》に、直平《なおひら》のぶじを祈《いの》り続《つづ》けた。

ところが、井伊家《いいけ》の不幸《ふこう》はおさまらない。

じつは直平《なおひら》は、徳川家康《とくがわいえやす》に『何《なに》かあったら助《たす》けてほしい』とひそかに手紙《てがみ》を出《だ》していた。もう今川家《いまがわけ》には、つきあいきれないと考《かんが》えたのだ。

けれどこのとき、家康《いえやす》はほかの戦《たたか》いにいそがしく、助《たす》けられる状態《じょうたい》ではなかった。

遠江《とおとうみ》の湖《みずうみ》（浜名湖《はまなこ》。現在《げんざい》の静岡県浜松市《しずおかけんはままつし》と湖西市《こさいし》に面《めん》している）の西《にし》にある町《まち》に着《つ》いて、直平《なおひら》が休《やす》んでいたとき、たまたま町《まち》が火事《かじ》になった。強《つよ》い南風《みなみかぜ》で、町中《まちなか》が焼《や》けてしまう。

すこし先《さき》へ進《すす》んでいた氏真《うじざね》が、この火事《かじ》のけむりを見《み》て、直平《なおひら》が裏切《うらぎ》ったとかんちがいした。今川軍《いまがわぐん》が道《みち》をもどれないよう、町《まち》に火《ひ》をつけた、と。

前《まえ》からは織田軍《おだぐん》、後《うし》ろからは裏切《うらぎ》り者《もの》の井伊家《いいけ》が来《き》て、はさみうちにされたら、今川軍《いまがわぐん》はやられてしまうかもしれない。これは、直親《なおちか》を殺《ころ》された直平《なおひら》がうらんでいるからだ、そう信《しん》じこんだ氏真《うじざね》は、逃《に》げ道《みち》をさがし、遠回《とおまわ》りしてひき返《かえ》した。

そして、おそろしい決断《けつだん》をしたのだ。

「わしの命令《めいれい》とわからないように、うまく直平《なおひら》を殺《ころ》させよう」

氏真《うじざね》は直平《なおひら》に、

「徳川《とくがわ》に味方《みかた》しようとする、裏切《うらぎ》り者《もの》の家来《けらい》がいるので、そいつをたおせ」

と命令《めいれい》した。もちろんこれは罠《わな》だった。

九月十八日《くがつじゅうはちにち》、命令《めいれい》にしたがって出陣《しゅつじん》した直平《なおひら》は、とちゅう、知《し》りあいの武将夫妻《ぶしょうふさい》に自分《じぶん》の城《しろ》で休《やす》んでいくようにすすめられ、妻《つま》が出《だ》したお茶《ちゃ》を飲《の》んだ。

このお茶《ちゃ》に毒《どく》が入《はい》っていた。

ふたたび馬《うま》で進《すす》みだした直平《なおひら》は、苦《くる》しんで馬《うま》から落《お》ち、亡《な》くなった。

井伊家《いいけ》には、とうとう、大人《おとな》の男《おとこ》がだれひとり、いなくなってしまった。

# 三　男《おとこ》を演《えん》じる女城主《おんなじょうしゅ》

## 井伊谷《いいのや》を守《まも》るには

「ひいおじいさままでもが……」

龍潭寺《りょうたんじ》でしらせを受《う》けても、とうに次郎法師《じろうほうし》のなみだは枯《か》れはてていたし、泣《な》くつもりもなかった。

（虎松《とらまつ》を守《まも》らなくては。わたくしが、すべてをささげて、守《まも》らなくては。虎松《とらまつ》が大人《おとな》になり、井伊家《いいけ》をつぐ当主《とうしゅ》に育《そだ》つまで。直親《なおちか》さまが残《のこ》した虎松《とらまつ》のため、井伊家《いいけ》も、井伊谷《いいのや》の人《ひと》たちも守《まも》らなくては）

血《ち》がにじむほど、くちびるをかみしめると、祈《いの》りをささげていた仏像《ぶつぞう》の前《まえ》から、数珠《じゅず》をにぎって立《た》ちあがる。

南溪和尚《なんけいおしょう》が、泣《な》くこともできなくなった次郎法師《じろうほうし》を心配《しんぱい》するが、うまく言葉《ことば》にできないまま、だまって見守《みまも》っていた。次郎法師《じろうほうし》は和尚《おしょう》をじっと見《み》つめ返《かえ》して、こう答《こた》えた。

「出家《しゅっけ》をやめられるよう、わたくしに男《おとこ》の名《な》をつけてくださり、ありがとうございました。わたくしは、男《おとこ》として、井伊家当主《いいけとうしゅ》にもどります」

「次郎法師《じろうほうし》……」

「和尚《おしょう》さま、ひいおじいさまのお葬式《そうしき》がすみましたら、母上《ははうえ》と、朝《とも》の方《かた》さまをよんでくださいませ。急《いそ》ぎますので、かならず」


こうして龍潭寺《りょうたんじ》に、次郎法師《じろうほうし》、南溪和尚《なんけいおしょう》、椿《つばき》の方《かた》、朝《とも》の方《かた》が集《あつ》まった。朝《とも》の方《かた》は不安《ふあん》で、けっして虎松《とらまつ》をはなそうとしない。いつも目《め》のとどくところに置《お》いている。今《いま》も幼《おさな》い虎松《とらまつ》は、四人《よにん》が話《はな》しあう寺《てら》の本堂《ほんどう》で、世話係《せわがかり》と遊《あそ》んでいる。虎松《とらまつ》を見《み》つめてから、次郎法師《じろうほうし》は告《つ》げた。

「母上《ははうえ》、和尚《おしょう》さま、相談《そうだん》があります。わたくしに井伊家当主《いいけとうしゅ》をまかせ、井伊谷《いいのや》を守《まも》らせていただきたいのです。けれど、ひとつ問題《もんだい》が」

「ほかにだれもいないのだし、わたしもそれしかないと思《おも》います……」

そう言《い》う椿《つばき》の方《かた》は直盛《なおもり》が亡《な》くなってから出家《しゅっけ》して尼《あま》になり、今《いま》は祐椿尼《ゆうちんに》となのって、龍《りょう》潭寺《たんじ》の境内《けいだい》に小《ちい》さな寺《てら》を建《た》てて住《す》んでいた。あきらめきったようすだ。

「問題《もんだい》とは？」

南溪和尚《なんけいおしょう》が次郎法師《じろうほうし》にたずねる。

「うそをつくことです。わたくしは、うそをつかなければなりません」

「うそ……？」

「かつて、今川義元公《いまがわよしもとこう》の父上《ちちうえ》が亡《な》くなったとき、母上《ははうえ》の寿桂尼《じゅけいに》さまが、しばらく当主《とうしゅ》の役《やく》目《め》をつとめました。女《おんな》のままでも、当主《とうしゅ》はできるというあかしでしょう。ですが、わたくしは、女《おんな》なれど、男《おとこ》のふりをします。井伊家《いいけ》には男《おとこ》の当主《とうしゅ》がいるという、うそを今《いま》からつきます。それを許《ゆる》していただきたいのです」

次郎法師《じろうほうし》は強《つよ》い口調《くちょう》で告《つ》げた。

「井伊家《いいけ》の男《おとこ》はみな、悲劇《ひげき》に見舞《みま》われました。その不運《ふうん》を、虎松《とらまつ》にも受《う》けつがせてはなりません。生《い》きて当主《とうしゅ》を虎松《とらまつ》にひきつぐ『男《おとこ》』がほしい。この不幸《ふこう》のくさりを、断《た》ちきりたいのです」

なので、と次郎法師《じろうほうし》はふところから紙《かみ》を出《だ》し、広《ひろ》げる。

「わたくしの名《な》は、虎松《とらまつ》から『虎《とら》』を借《か》りて、『直虎《なおとら》』とします」

紙《かみ》には『直虎《なおとら》』と書《か》かれていた。

「強《つよ》く育《そだ》て、とひいおじいさまがつけた名《な》、わたくしも強《つよ》くありたいのです」

真剣《しんけん》なその目《め》は、虎《とら》のように力強《ちからづよ》く光《ひか》っていた。ただちに次郎法師《じろうほうし》は、尼《あま》のすがたから男《おとこ》の着物《きもの》に着替《きが》え、髪《かみ》も男《おとこ》のようにたばねて、井伊谷城《いいのやじょう》へもどった。

泣《な》いてばかりだったいずみ姫《ひめ》が、祈《いの》り続《つづ》けているだけの次郎法師《じろうほうし》が、ついに虎《とら》のような目《め》を持《も》ち、男《おとこ》のすがたになって、立《た》ちあがった。

ここに、井伊谷《いいのや》を治《おさ》める井伊家当主《いいけとうしゅ》、井伊谷城《いいのやじょう》の女城主《おんなじょうしゅ》・井伊直虎《いいなおとら》が、生《う》まれた。


ところが、直虎《なおとら》という当主《とうしゅ》が生《う》まれたのを、許《ゆる》さない者《もの》がいた。そう、井伊谷《いいのや》を自分《じぶん》のものにしたい小野《おの》の息子《むすこ》だ。

小野《おの》の息子《むすこ》は直虎《なおとら》が、おどせばかんたんに言《い》うことを聞《き》く、心《こころ》の弱《よわ》い女《おんな》だと、最初《さいしょ》は思《おも》ったようだ。けれど、そうではなかった。

さっそく小野《おの》の息子《むすこ》が、「女《おんな》では大変《たいへん》でしょうから、わしが代《か》わりに井伊谷《いいのや》を治《おさ》めましょう」と言《い》ってきたのを、直虎《なおとら》は強《つよ》い態度《たいど》で断《ことわ》った。

「あなたのような大《おお》うそつきに、井伊谷《いいのや》はまかせられません。わたくしのことも、罠《わな》にかけて殺《ころ》したければ、やればいい。あなたのしかけた罠《わな》になど、だまされません」

頭《あたま》にきた小野《おの》の息子《むすこ》は、直虎《なおとら》を当主《とうしゅ》の地位《ちい》からひきずりおろす手《て》を考《かんが》えた。小野《おの》の息子《むすこ》が目《め》をつけたのは、井伊家《いいけ》の借金《しゃっきん》だった。

武将《ぶしょう》が出陣《しゅつじん》するとき、兵《へい》のよろいや食料《しょくりょう》、武器《ぶき》を用意《ようい》するのは武将自身《ぶしょうじしん》だ。今川《いまがわ》の武将《ぶしょう》として戦《たたか》えと言《い》われても、それにかかるお金《かね》は今川家《いまがわけ》でめんどうをみてくれない。井伊家《いいけ》が自分《じぶん》でなんとかするのだ。

これまで何年《なんねん》も、今川家《いまがわけ》からあれこれと戦《たたか》うことを命《めい》じられ、罠《わな》である偽《にせ》の出陣《しゅつじん》までさせられた井伊家《いいけ》には、多額《たがく》の借金《しゃっきん》があった。

小野《おの》の息子《むすこ》はまた氏真《うじざね》のところへ行《い》って、こんなことを言《い》った。

「井伊谷《いいのや》に『徳政令《とくせいれい》』を出《だ》してはいかがでしょう。農民《のうみん》たちが望《のぞ》んでおりますので、きっと喜《よろこ》び、今川《いまがわ》さまに忠実《ちゅうじつ》な者《もの》たちとなります」

「徳政令《とくせいれい》」というのは、借金《しゃっきん》をむりやり「はじめからなかったこと」にしてしまう命令《めいれい》だ。まずしい農民《のうみん》にうまいことを言《い》ってお金《かね》を貸《か》して、高《たか》い利子《りし》でとりたてる悪《わる》いお金持《かねも》ちがよくいる。これを、治《おさ》める殿《との》さまがほうっておくと、農民《のうみん》たちの反乱《はんらん》がおきる。

そういう事件《じけん》をふせぐためのやりかただったが、今回《こんかい》それを悪用《あくよう》しようという考《かんが》えだ。

氏真《うじざね》はその気《き》になって、井伊谷《いいのや》に「徳政令《とくせいれい》」を勝手《かって》に命《めい》じた。

勝手《かって》な命令《めいれい》に、直虎《なおとら》はおどろいた。

「まるでわたくしが、借金《しゃっきん》を返《かえ》したくないと言《い》っているみたいではありませんか。かならず返《かえ》す、と直親《なおちか》さまや父上《ちちうえ》、ひいおじいさまが約束《やくそく》して借《か》りたのに、そんなことになったら、わたくしは、お金《かね》を貸《か》して、出陣《しゅつじん》を支《ささ》えてくれた井伊谷《いいのや》の有力者《ゆうりょくしゃ》たちから、まったく信用《しんよう》してもらえなくなります」

小野《おの》のねらいは、「武器《ぶき》を手《て》にして戦《たたか》わない女《おんな》には、戦《いくさ》にかけるお金《かね》のたいせつさがわかっていないんだ、女《おんな》ではだめだ」と、井伊谷《いいのや》の有力者《ゆうりょくしゃ》たちに思《おも》わせることだった。

直虎《なおとら》はそのことに気《き》がつき、お金《かね》を貸《か》してくれていた有力者《ゆうりょくしゃ》たちに会《あ》って、

「わたくしはそのようなことは、いっさい考《かんが》えていません。『徳政令《とくせいれい》』にはしたがいません、今川《いまがわ》さまに抗議《こうぎ》します」

と、きちんと伝《つた》えた。有力者《ゆうりょくしゃ》たちも応《こた》えた。

「直虎《なおとら》さまの思《おも》いは、よくわかります。わしらもいっしょに抗議《こうぎ》しましょう」

こうして二年間《にねんかん》も、直虎《なおとら》と有力者《ゆうりょくしゃ》たちは「徳政令《とくせいれい》」に逆《さか》らい続《つづ》けた。しかし、小野《おの》の息子《むすこ》もだまってはいない。この争《あらそ》いに、農民《のうみん》たちをひきこんだのだ。

「直虎《なおとら》どのは、おまえたち農民《のうみん》の借金《しゃっきん》をなくしてはくださらないそうだ。ひどい女《おんな》だなあ。わしなら、なくしてやるが、どうだ？」

こう言《い》われると、小野《おの》の息子《むすこ》に味方《みかた》して、井伊家《いいけ》に年貢《ねんぐ》をおさめない、と言《い》いだす農民《のうみん》が出《で》てくる。お金《かね》に換《か》えられる年貢《ねんぐ》の米《こめ》や作物《さくもつ》がないと、井伊家《いいけ》はますます借金《しゃっきん》が返《かえ》せなくなるのだ。農民《のうみん》たちにも借金《しゃっきん》があるので、次第《しだい》に「徳政令《とくせいれい》」を、という声《こえ》が高《たか》まってゆく。直虎《なおとら》はなやんだ。

直親《なおちか》に託《たく》された「政《まつりごと》」の文字《もじ》を手《て》にして、考《かんが》える。

（直親《なおちか》さま、ひいおじいさま、父上《ちちうえ》……みなさまなら、どうしたでしょうか。農民《のうみん》たちの借金《しゃっきん》をなくして、暮《く》らしを楽《らく》にするほうがいいのは、わかっています。しかし、返《かえ》すと約《やく》束《そく》した借金《しゃっきん》をなかったことにしたら、わたくしの信用《しんよう》は、なくなってしまう。わたくしは、約束《やくそく》を守《まも》れないのは、もういやです）

「直親《なおちか》さま……」

「政《まつりごと》」の文字《もじ》に祈《いの》る直虎《なおとら》の心《こころ》に、直親《なおちか》の声《こえ》がよみがえる。

——『わたしは、井伊谷《いいのや》の民《たみ》を守《まも》りたい』

（民《たみ》を守《まも》る……そう、自分《じぶん》のためと、農民《のうみん》たちのため、どうしてもどちらかをえらべと言《い》われたら……自分《じぶん》のためではいけない。やさしい直親《なおちか》さまなら、そうなさってたはず）

氏真《うじざね》に「井伊谷《いいのや》を攻《せ》めるぞ」と、しょっちゅうおどされながら、二年間《にねんかん》「徳政令《とくせいれい》」に抵《てい》抗《こう》しつつ、直虎《なおとら》は民《たみ》の声《こえ》を聞《き》き、有力者《ゆうりょくしゃ》たちと話《はな》しあいを重《かさ》ねた。

秋《あき》、直虎《なおとら》は井伊谷城《いいのやじょう》の外《そと》に出《で》て、田《た》んぼで稲刈《いねか》りをする農民《のうみん》たちに、さし入《い》れをする。

「城《しろ》の奥山《おくやま》でとれた栗《くり》を、たくさんいただきました。勝《か》ち栗《ぐり》（干《ほ》してうすで軽《かる》くついた栗《くり》）にしたので、食《た》べませんか」

「これは、直虎《なおとら》さま、ありがとうございます」

と集《あつ》まってきた農民《のうみん》たちがいる一方《いっぽう》、直虎《なおとら》に近《ちか》づかないでいやみを言《い》う農民《のうみん》たちもいる。

「やはり、『徳政令《とくせいれい》』をしてくれないような、けちなご当主《とうしゅ》ではなあ……」

「今川家《いまがわけ》に見《み》つかって、米《こめ》をとられないよう、かくし田《た》んぼを守《まも》ってくれたのはいいけど」

「あのかくし田《た》んぼの年貢《ねんぐ》が、借金返《しゃっきんかえ》すのに使《つか》えるからだろ？　自分《じぶん》の都合《つごう》じゃないか」

自分《じぶん》の都合《つごう》、と思《おも》われていても、今《いま》の状態《じょうたい》では当然《とうぜん》だと、直虎《なおとら》は感《かん》じた。

（まよっているひまはない。わたくしがどう言《い》われようと、民《たみ》のためをえらぼう）

城《しろ》で開《ひら》かれた有力者《ゆうりょくしゃ》たちとの集《あつ》まりで、直虎《なおとら》は思《おも》いきってたのんだ。

「もう『徳政令《とくせいれい》』を受《う》け入《い》れようと考《かんが》えるのですが、みとめられないでしょうか」

「では、井伊家《いいけ》の借金《しゃっきん》は返《かえ》さないと？」

ざわつく有力者《ゆうりょくしゃ》に、直虎《なおとら》は説明《せつめい》した。

「わたくしは、農民《のうみん》たちのためになるほうをえらびたいのです。みなに支《ささ》えられていない家《いえ》の当主《とうしゅ》をしても、おろかなだけですから。どうか、わたくしを許《ゆる》してください」

「と言《い》われましても……」

「農民《のうみん》たちが気持《きも》ちよくはたらいてくれればこそ、年貢《ねんぐ》からすこしずつ借金《しゃっきん》も返《かえ》せると思《おも》うのです。

それに、今川《いまがわ》さまが『命令《めいれい》にしたがえ』と、たびたびおどしをかけてきています。わたくしでは武器《ぶき》をとって戦《たたか》うことができませんし、井伊谷《いいのや》が力《ちから》ずくで今川《いまがわ》さまにうばわれては、農民《のうみん》たちはもっと苦労《くろう》するでしょう。

わたくしは『徳政令《とくせいれい》』を行《おこな》うきびしさ、つらさを、戦《いくさ》と思《おも》うことにします。みなさまも、ともに戦《たたか》ってはいただけませんか。農民《のうみん》たちを守《まも》りたいのです」

直虎《なおとら》の真剣《しんけん》なたのみに、けっきょく有力者《ゆうりょくしゃ》たちも、農民《のうみん》たちのために「徳政令《とくせいれい》」にしたがった。この二年間《にねんかん》の抵抗《ていこう》があって、井伊谷《いいのや》の有力者《ゆうりょくしゃ》たちは、いつも民《たみ》のことを思《おも》う直虎《なおとら》を信頼《しんらい》するようになり、井伊谷《いいのや》はおだやかに治《おさ》められるようになった。

井伊谷城《いいのやじょう》の直虎《なおとら》が井伊谷《いいのや》を治《おさ》めて、数年《すうねん》がすぎた。

さいわい、戦《いくさ》もおきず、井伊谷《いいのや》の人《ひと》たちはぶじにすごしていた。虎松《とらまつ》も元気《げんき》に育《そだ》っている。

虎松《とらまつ》は母朝《ははとも》の方《かた》とともに暮《く》らしていたが、たびたび、直虎《なおとら》のまねきで井伊谷城《いいのやじょう》をたずねてきていた。直虎《なおとら》が虎松《とらまつ》に当主《とうしゅ》の役目《やくめ》を教《おし》えるためだ。

夏《なつ》、いずみ姫《ひめ》と亀之丞《かめのじょう》が、南溪和尚《なんけいおしょう》から井伊家伝説《いいけでんせつ》の話《はなし》を聞《き》いた神社《じんじゃ》の井戸《いど》へ、直虎《なおとら》は八歳《はっさい》の虎松《とらまつ》を連《つ》れていった。

あのとき聞《き》いたのとおなじ話《はなし》をする。虎松《とらまつ》は興味深《きょうみぶか》そうに、澄《す》んだ水《みず》がこんこんとわきでる井戸《いど》の底《そこ》をのぞきこんでいた。

「直虎《なおとら》さま、どんどんきれいな水《みず》が出《で》て、ちっとも止《と》まらないよ。ふしぎだなあ」

「井伊家《いいけ》の魂《たましい》も、この水《みず》とおなじように、とぎれることなく、次《つぎ》の命《いのち》へと受《う》けつがれてきたのです。今《いま》はわたくしと、虎松《とらまつ》に受《う》けつがれています。

ひいおじいさまの直平《なおひら》さまから、その息子《むすこ》でわたくしのおじいさまの直宗《なおむね》さまと、あなたのおじいさまの直満《なおみつ》さまへ、その孫《まご》でわたくしの父上《ちちうえ》の直盛《なおもり》さまと、あなたの父上《ちちうえ》の直《なお》親《ちか》さまへ、そして、わたくしたちへと」

直虎《なおとら》は、虎松《とらまつ》の手《て》をとって、にぎった。小《ちい》さな手《て》は温《あたた》かい。

「よい水《みず》は、田畑《たはた》をうるおして稲《いね》や野菜《やさい》を育《そだ》て、人《ひと》ののどをうるおして人《ひと》の体《からだ》を育《そだ》てます。水《みず》があるかぎり、すべての命《いのち》が育《そだ》ちます」

いつか南溪和尚《なんけいおしょう》から、直親《なおちか》とともに聞《き》いた言葉《ことば》を、そのまま伝《つた》える。

「命《いのち》？」

あのときのいずみ姫《ひめ》とおなじことを、虎松《とらまつ》もたずねた。

「あなたのこの中《なか》にある、たったひとつだけの、失《うしな》ってはならないもの」

直虎《なおとら》はしゃがみ、虎松《とらまつ》の左胸《ひだりむね》に、にぎった手《て》を当《あ》てた。

「井伊谷《いいのや》は、水《みず》をたいせつにして生《い》きているのですよ。よい水《みず》がなければ、人《ひと》は健《すこ》やかに生《い》きられません」

「ふうん……」

虎松《とらまつ》はまた、井戸《いど》をのぞいた。

「水《みず》って、生《い》きてるんだね」

直虎《なおとら》の話《はなし》がわかったのか、わからなかったのか、虎松《とらまつ》のむじゃきな声《こえ》に、直虎《なおとら》はつい笑《わら》ってしまった。

「そうですね。生《い》きていくでしょう、これまでも、今《いま》も、これからも」

つかの間幸《ましあわ》せだった井伊谷《いいのや》に、また戦《いくさ》がせまってきた。

永禄十一年《えいろくじゅういちねん》（一五六八）の十二月《じゅうにがつ》、甲斐《かい》（現在《げんざい》の山梨県《やまなしけん》）の武将《ぶしょう》・武田信玄《たけだしんげん》が、駿河《するが》（現在《げんざい》の静岡県中東部《しずおかけんちゅうとうぶ》。伊豆半島《いずはんとう》をのぞく）に攻《せ》めこんできたのだ。今川氏真《いまがわうじざね》を駿府《すんぷ》の今川《いまがわ》氏館《しやかた》から追《お》いだして、今川《いまがわ》の領地《りょうち》をうばいはじめる。

井伊谷城《いいのやじょう》で直虎《なおとら》は、祐椿尼《ゆうちんに》と朝《とも》の方《かた》に言《い》った。

「このままでは、井伊谷《いいのや》も井伊谷城《いいのやじょう》も、武田軍《たけだぐん》におそわれます。井伊直虎《いいなおとら》という男《おとこ》が治《おさ》める、今川《いまがわ》の家臣《かしん》の城《しろ》と思《おも》われているでしょうから。虎松《とらまつ》を守《まも》らないと」

「けれどここは、女《おんな》ばかりの城《しろ》……戦《たたか》えません」

「また、南溪和尚《なんけいおしょう》さまに、信濃《しなの》の寺《てら》へかくしていただくしかないですね」

祐椿尼《ゆうちんに》が言《い》い、朝《とも》の方《かた》もうなずく。直虎《なおとら》は首《くび》をふった。

「信濃《しなの》はもう、武田《たけだ》の領地《りょうち》になってしまいました。今川《いまがわ》の家臣《かしん》である井伊家《いいけ》のあとつぎと武田《たけだ》に知《し》られたら、虎松《とらまつ》の命《いのち》が危《あぶ》ない。ほかに心当《こころあ》たりがないか、和尚《おしょう》さまに相談《そうだん》しましょう」

朝《とも》の方《かた》が直虎《なおとら》にたのむ。

「できたら、男《おとこ》のかたがたに、心《こころ》を強《つよ》く育《そだ》てていただけるところが、わたくしの望《のぞ》みです。女《おんな》ばかりの中《なか》で育《そだ》っているので、つい甘《あま》やかして、わがままになりかけていますのが、なやみでした」

「そのとおりですね」と、祐椿尼《ゆうちんに》も賛成《さんせい》する。

南溪和尚《なんけいおしょう》が考《かんが》えて、今回《こんかい》は、徳川《とくがわ》の領地《りょうち》である三河《みかわ》の鳳来寺《ほうらいじ》(現在《げんざい》の愛知県新城市《あいちけんしんしろし》にある)へかくすことになった。井伊谷《いいのや》から見《み》える国境《くにざかい》の山《やま》をこえたところだ。

しかし、鳳来寺《ほうらいじ》からは条件《じょうけん》をつけられた。見《み》こみがある子《こ》なら、いずれは僧《そう》になってほしい、それならめんどうをみる、というのだ。

しかたがないので、とりあえず「はい」と返事《へんじ》をして、虎松《とらまつ》は鳳来寺《ほうらいじ》へ行《い》くことになった。虎松《とらまつ》は八歳《はっさい》だった。

朝《とも》の方《かた》は心配《しんぱい》して、虎松《とらまつ》をだきしめて、くり返《かえ》した。

「虎松《とらまつ》、体《からだ》に気《き》をつけるのですよ」

直虎《なおとら》も、虎松《とらまつ》のひとみを見《み》つめて、心《こころ》からの願《ねが》いを言《い》った。

「井伊谷《いいのや》のことを、わすれずに。いつも思《おも》いだしてほしいのです。ここがあなたの帰《かえ》るふるさとだと。いつかかならず、帰《かえ》るのだと」

「はい、直虎《なおとら》さま。家族《かぞく》のいる井伊谷《いいのや》を、わたしはぜったいに、わすれません。あの井戸《いど》からわきでるきれいな水《みず》、わすれることはできません」

直虎《なおとら》は、もう一度《いちど》だけ、あの言葉《ことば》を口《くち》にしよう、と決意《けつい》した。約束《やくそく》、という言葉《ことば》を。今度《こんど》こそ、約束《やくそく》は、守《まも》られなければならない。

「……約束《やくそく》ですよ、虎松《とらまつ》」

「約束《やくそく》します、直虎《なおとら》さま」

直虎《なおとら》の手《て》をにぎって、虎松《とらまつ》は強《つよ》くうなずいた。いつかの亀之丞《かめのじょう》にそっくりなひとみをしていた。亀之丞《かめのじょう》の言葉《ことば》が思《おも》いだされ、虎松《とらまつ》に重《かさ》なる。

――『約束《やくそく》するよ、いずみ姫《ひめ》』

(亀之丞《かめのじょう》さま……虎松《とらまつ》が約束《やくそく》を、どうか守《まも》れるように、あなたさまも見守《みまも》ってください)

虎松《とらまつ》が旅立《たびだ》とうとする、まさにそのときだった。家来《けらい》がしらせにきた。

「徳川《とくがわ》さまの軍《ぐん》が、遠江《とおとうみ》にやってきました。ここを武田《たけだ》から守《まも》ってくださるとのことです」

数少《かずすく》ない井伊家《いいけ》の家来《けらい》が、徳川軍《とくがわぐん》にたのみに行《い》き、道案内《みちあんない》をまかされたというのだ。松平家康《まつだいらいえやす》は、名字《みょうじ》を徳川《とくがわ》に変《か》えていた。

「よかった……この城《しろ》はもう、徳川《とくがわ》さまにおまかせして、わたくしたちは龍潭寺《りょうたんじ》へかくれましょう。女《おんな》ばかりでは、城《しろ》も井伊谷《いいのや》も守《まも》れません」

直虎《なおとら》はほっとした。

「井伊谷《いいのや》と井伊谷城《いいのやじょう》が一時《いっとき》は徳川《とくがわ》さまのものとなっても、武田《たけだ》にうばわれたり、焼《や》かれて荒《あ》らされるよりは、ずっとましです」

ところが、このすきに、小野《おの》の息子《むすこ》が井伊谷城《いいのやじょう》をのっとり、井伊谷《いいのや》を治《おさ》めようとしたのだ。徳川家康《とくがわいえやす》は遠江《とおとうみ》すべてを守《まも》らなければならず、掛川城《かけがわじょう》にたてこもった氏真《うじざね》とも戦《たたか》わねばならない。

氏真《うじざね》を追《お》いはらった家康《いえやす》が、小野親子《おのおやこ》が犯《おか》した罪《つみ》を井伊家《いいけ》の家来《けらい》から聞《き》いて、井伊谷城《いいのやじょう》にいる小野《おの》の息子《むすこ》を攻《せ》め、つかまえて処刑《しょけい》したのは、翌年《よくとし》の初夏《しょか》だった。

これで井伊谷《いいのや》は、徳川《とくがわ》が守《まも》る場所《ばしょ》になった。

龍潭寺《りょうたんじ》で直虎《なおとら》と祐椿尼《ゆうちんに》は相談《そうだん》した。

「虎松《とらまつ》を遠《とお》くへやってしまい、朝《とも》の方《かた》もまだお若《わか》いのに、このままひとりぼっちではかわいそうです。この寺《てら》で暮《く》らすには、出家《しゅっけ》して尼《あま》にならないとなりません。実家《じっか》の奥山《おくやま》の父上《ちちうえ》も亡《な》くなっていて、そちらにはたよれませんし、もし、朝《とも》の方《かた》さえよければ、どなたか、たよりになる武士《ぶし》と再婚《さいこん》しては」

朝《とも》の方《かた》はまだ、尼《あま》にはなりたくはないだろう、とふたりは思《おも》ったので、本人《ほんにん》の気持《きも》ちを聞《き》いてみる。すると朝《とも》の方《かた》も「再婚《さいこん》したいと思《おも》います」と答《こた》えたので、相手《あいて》をさがした。

そして、遠江《とおとうみ》を治《おさ》めるために家康《いえやす》が新《あら》たにつくった浜松城《はままつじょう》（現在《げんざい》の静岡県浜松市中区《しずおかけんはままつしなかく》にあった）の、城下町《じょうかまち》に住《す》む松下源太郎清景《まつしたげんたろうきよかげ》という武士《ぶし》と再婚《さいこん》することになった。

## 燃《も》える井《い》伊《い》谷《のや》

元亀二年《げんきにねん》（一五七一）春《はる》、今川《いまがわ》の領地《りょうち》だった遠江《とおとうみ》がほしい武田信玄《たけだしんげん》と、守《まも》ろうとする徳《とく》川家康《がわいえやす》の戦《たたか》いがはじまった。

ものすごく強《つよ》い武田軍《たけだぐん》に、家康《いえやす》は苦戦《くせん》する。織田信長《おだのぶなが》は、「あきらめて浜松城《はままつじょう》を捨《す》て、三河《みかわ》だけを死守《ししゅ》しろ」と忠告《ちゅうこく》したらしいが、家康《いえやす》は

「そんなことができるか。武田軍《たけだぐん》に遠江《とおとうみ》が荒《あ》らされてしまう。浜松城《はままつじょう》を捨《す》てるくらいなら、武士《ぶし》をやめる。武士《ぶし》をやめれば、わしの家来《けらい》たちを見殺《みごろ》しにすることになる。ぜったいにできない」

とふんばっていた。

武田軍《たけだぐん》は徳川軍《とくがわぐん》をもてあそぶかのように、いくつかの城《しろ》をうばっては甲斐《かい》にひきあげ、また攻《せ》めてはひきあげ、とちくちく刺《さ》すように手《て》を出《だ》していた。だが、一年半後《いちねんはんご》の元亀三《げんきさん》年《ねん》（一五七二）の秋《あき》、二万五千《にまんごせん》の兵《へい》で本格的《ほんかくてき》に攻《せ》めてきた。家康《いえやす》が逃《に》げださないので、ついに本気《ほんき》になったようだ。

武田軍《たけだぐん》は三《みっ》つに分《わ》かれ、それぞれ別《べつ》の道《みち》を通《とお》って遠江《とおとうみ》へ攻《せ》めこんだ。兵《へい》の数《かず》が少《すく》ない徳《とく》川軍《がわぐん》を、さらに分断《ぶんだん》させる作戦《さくせん》だ。

井伊谷《いいのや》にやって来《き》たのは、全員《ぜんいん》が真《ま》っ赤《か》なよろいかぶとを身《み》につけた、武田《たけだ》の猛将《もうしょう》・山《やま》県昌景《がたまさかげ》の隊《たい》だった。

「赤鬼《あかおに》だ、赤鬼《あかおに》がおそってきた!」

「なんておそろしいすがただ。あんな赤《あか》いよろいかぶとは、見《み》たことがない」

遠目《とおめ》に、進《すす》んでくる山県隊《やまがたたい》を見《み》つけた井伊谷《いいのや》の人々《ひとびと》は、ふるえあがった。

徳川軍《とくがわぐん》の助《たす》けがまにあわなかった井伊谷《いいのや》では、井伊家《いいけ》のわずかな家来《けらい》が戦《たたか》おうとしたものの、とてもかなう相手《あいて》ではなかった。

家来《けらい》たちは討《う》ち死《じ》にし、人々《ひとびと》は山《やま》の中《なか》へ逃《に》げこむことになった。戦《いくさ》にそなえて、山《やま》の中《なか》には砦《とりで》や避難《ひなん》小屋《ごや》がつくられている。

領地《りょうち》をうばおうと攻《せ》めてきた敵《てき》も、目的《もくてき》はその領地《りょうち》で米《こめ》をつくって次《つぎ》の戦《いくさ》の食料《しょくりょう》にすることなので、農民《のうみん》を殺《ころ》すことはしない。土地《とち》だけ手《て》に入《い》れても、はたらく人《ひと》がいなければ、意味《いみ》がない。

直虎《なおとら》は人々《ひとびと》をみちびいて、山《やま》の中《なか》の砦《とりで》にかくれた。できるだけ、収穫《しゅうかく》した米《こめ》も運《はこ》びこんだ。武田軍《たけだぐん》にうばわれてしまうからだ。

赤鬼《あかおに》のような山県隊《やまがたたい》は、井伊谷《いいのや》の家《いえ》に米《こめ》が残《のこ》っていないと知《し》ると、おどしのため、村《むら》や町《まち》に火《ひ》をつけてまわった。井伊谷《いいのや》が炎《ほのお》につつまれ、真《ま》っ赤《か》に燃《も》えあがる。

その火《ひ》を、山《やま》の中《なか》から、人々《ひとびと》とともに直虎《なおとら》は、なすすべなく見《み》ていた。

「燃《も》えている……井伊谷《いいのや》が燃《も》えてしまう……」

「もう、元《もと》の暮《く》らしには、もどれないいんだろうか」

「赤鬼《あかおに》のせいだ」

「許《ゆる》せない！」

人々《ひとびと》のあいだから、怒《いか》りとなげきの声《こえ》があがった。

「みな、耐《た》えるのです。気《き》がすめば、武田軍《たけだぐん》は次《つぎ》の土地《とち》へ出《で》ていくはず。徳川《とくがわ》さまが助《たす》けに来《く》るまで、待《ま》ちましょう」

しかし、徳川《とくがわ》はあちこちで負《ま》け、助《たす》けにくるどころではなかった。井伊谷《いいのや》のあたりに山《やま》県隊《がたたい》はいすわってしまい、徳川《とくがわ》攻撃《こうげき》の基地《きち》になってしまう。

十二月二十二日《じゅうにがつにじゅうににち》、とどめの総攻撃《そうこうげき》をくらいそうになった家康《いえやす》は兵《へい》をまとめ、三方原《みかたがはら》(現《げん》在《ざい》の浜松市北区《はままつしきたく》)というところで武田軍《たけだぐん》をむかえうった。でも、大負《おおま》けしてしまった。


井伊谷《いいのや》は、三河《みかわ》へ攻《せ》め入《い》ろうとする武田軍《たけだぐん》の兵《へい》の通《とお》り道《みち》になった。

「また武田《たけだ》の兵《へい》が通《とお》るぞ」

「よし、やっちまえ!」

井伊谷《いいのや》の若者《わかもの》たちは、山《やま》の中《なか》にかくれ、少《すく》ない人数《にんずう》で通《とお》る兵《へい》をねらっては、いきなり木《き》のかげからおそってたおす、という戦《たたか》いで抵抗《ていこう》していた。

武田軍《たけだぐん》に見《み》つからないようにするため、冬《ふゆ》なのに火《ひ》もろくにたけない。いつまで山《やま》の中《なか》にかくれていなければならないのかわからず、ためた米《こめ》もすこしずつしか食《た》べられない。

「直虎《なおとら》さま、寒《さむ》いよ」

「助《たす》けはいつ来《く》るのですか、直虎《なおとら》さま」

人々《ひとびと》にすがりつかれても、直虎《なおとら》は答《こた》えられなかった。へたに希望《きぼう》を持《も》たせると、それがかなわなかったとき、みなはたおれてしまう。
若者《わかもの》たちが抵抗《ていこう》するのに腹《はら》を立《た》てた武田軍《たけだぐん》は、焼《や》け残《のこ》っていた村《むら》や寺《てら》を、ひとつずつ燃《も》やして人々《ひとびと》をおどした。冬《ふゆ》の夜空《よぞら》に、たびたび炎《ほのお》があがった。
その赤《あか》い色《いろ》を見《み》るたび、直虎《なおとら》は無念《むねん》の思《おも》いをかみしめるのだった。
(直親《なおちか》さま……わたくしも、武器《ぶき》を手《て》にして戦《たたか》える力《ちから》がほしい。けれど、それではやはり、殺《ころ》されてしまうでしょう。
わたくしは女《おんな》ですから、殺《ころ》されはしない。生《い》きられるからこそ、しぶとく生《い》きて、井伊谷《いいのや》の人々《ひとびと》のためにできることを……けれど、今《いま》は何《なに》をすればいいのか)
――『虎松《とらまつ》をたのむ』
直親《なおちか》の最後《さいご》の言葉《ことば》が思《おも》いだされた。
(虎松《とらまつ》には、できるかぎりのことをしました。わたくしは、虎松《とらまつ》が帰《かえ》ってくるまで、けっして逃《に》げない)
――『水《みず》って、生《い》きてるんだね』
虎松《とらまつ》の笑顔《えがお》も思《おも》いうかぶ。

（そう、これからも生《い》きてゆく、井伊谷《いいのや》は水《みず》とともに）

「直虎《なおとら》さま、これからどうしたらいいのですか」

「どうしたらいいのか、わからない……。教《おし》えてください、直虎《なおとら》さま」

よびかけられて、直虎《なおとら》は顔《かお》をあげた。人々《ひとびと》をふりかえる。

「春《はる》になったら、水路《すいろ》をなおし、田《た》んぼに水《みず》をひいて、また稲《いね》を育《そだ》てましょう。農民《のうみん》は殺《ころ》されはしない。井伊谷《いいのや》には、水《みず》があります。水《みず》があるかぎり、命《いのち》は育《そだ》ちます。城《しろ》も何《なに》もかもなくなってしまったのだから、わたくしもくわを手《て》にとって、田畑《たはた》ではたらこうと思《おも》います。助《たす》けはいつ来《く》るかわかりませんが、田畑《たはた》をほうってはおけません。春《はる》を待《ま》ち、おそれずに山《やま》を出《で》ましょう」

直虎《なおとら》は決《き》めた。何《なに》がなんでも生《い》きていこう、ただ、人々《ひとびと》と生《い》きよう、と。

その後《ご》、武田軍《たけだぐん》がひきあげ、徳川軍《とくがわぐん》が守《まも》ってくれるまでのあいだ、直虎《なおとら》は人々《ひとびと》をはげまし続《つづ》け、自分《じぶん》の城《しろ》は後回《あとまわ》しにして、村《むら》の家《いえ》や田畑《たはた》をたてなおす先頭《せんとう》に立《た》った。直虎《なおとら》は井伊谷《いいのや》のみなの希望《きぼう》となったのだ。

# 第《だい》二章《しょう》

# 井《い》伊《い》直《なお》政《まさ》

## 赤《あか》鬼《おに》とよばれた男《おとこ》

## 一　真《ま》っ赤《か》な炎《ほのお》の思《おも》い

### 空《そら》が赤《あか》く燃《も》えている

元亀四年《げんきよねん》（一五七三）、年《とし》が明《あ》けてすぐの夜《よる》、三河《みかわ》の東《ひがし》の外《はず》れにある鳳来寺《ほうらいじ》の裏山《うらやま》。正《しょう》月《がつ》の、まだ寒《さむ》さが残《のこ》る空《そら》の下《もと》、十三歳《じゅうさんさい》の井伊虎松《いいとらまつ》はいてもたってもいられず、裏山《うらやま》の尾根《おね》にある見晴《みは》らし台《だい》にかけ登《のぼ》っていた。折《お》り重《かさ》なる山《やま》のむこうで、南東《なんとう》の空《そら》が赤《あか》くそまっている。

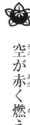

「井伊谷《いいのや》の方《ほう》がまた燃《も》えている……」

虎松《とらまつ》はこぶしをにぎりしめた。冷《つめ》たい風《かぜ》に、たもとや、はかまのすそがあおられる。

「武田《たけだ》の軍勢《ぐんぜい》め！」

――昨年《さくねん》の秋《あき》の終《お》わりに、甲斐《かい》から二万五千《にまんごせん》の大軍《たいぐん》を率《ひき》いてやってきた武田信玄《たけだしんげん》は、徳川家康《とくがわいえやす》が守《まも》る遠江《とおとうみ》と三河《みかわ》の土地《とち》を手《て》に入《い》れようと、いくつかの隊《たい》に分《わ》かれ、あちこちの城《しろ》を攻《せ》め落《お》としていった。

十二月《じゅうにがつ》、大《おお》みそかまであと数日《すうじつ》というとき。武田《たけだ》の一隊《いったい》が井伊谷《いいのや》の方《ほう》へ進軍《しんぐん》していると、虎松《とらまつ》は鳳来寺《ほうらいじ》にやって来《き》た村人《むらびと》に聞《き》き、この見晴《みは》らし台《だい》に登《のぼ》ってみた。

「井伊谷《いいのや》は、ぶじだろうか」

心配《しんぱい》で、痛《いた》くなる胸《むね》をおさえながら、木《き》と木《き》のあいだを走《はし》りぬけると、目《め》の前《まえ》が開《ひら》ける。

夕暮《ゆうぐ》れの空《そら》にいくすじもけむりが立《た》っていた。せっかく収穫《しゅうかく》した米《こめ》を、武田《たけだ》の兵《へい》にうばわれまいと、逆《さか》らった村《むら》が焼《や》かれているのだ。あの中《なか》に、井伊谷《いいのや》からのけむりもあるかもしれない。

「……ああ……！」

くやしくて、虎松《とらまつ》は木《き》の幹《みき》を何度《なんど》もなぐった。


それから、「武田《たけだ》の兵《へい》が通《とお》ってゆく」と聞《き》くたび、虎松《とらまつ》はここに登《のぼ》った。武田信玄《たけだしんげん》は井《い》伊谷《いのや》のすぐ近《ちか》くの城《しろ》をうばい、そこで年《とし》をこしたようだ。そして、年明《としあ》けすぐからまた、進軍《しんぐん》を開始《かいし》した。

今夜《こんや》もまた、虎松《とらまつ》はふるさとが燃《も》えているのを、遠《とお》くからながめている。何《なに》もできずに。

「……母上《ははうえ》、直虎《なおとら》さま、祐椿《ゆうちん》のおばあさま、南溪和尚《なんけいおしょう》さまはごぶじだろうか……。浜松城《はままつじょう》にのがれたのか、それとも、村人《むらびと》たちとともに、山《やま》の中《なか》の砦《とりで》にかくれておいでなのか……。どちらにしろ、とてもおそろしい思《おも》いをして、お心《こころ》を痛《いた》めておいでにちがいない」

「虎松《とらまつ》さま、こちらでしたか」

寺《てら》の僧《そう》が虎松《とらまつ》をさがしに来《き》た。

「外《そと》に出《で》ては危《あぶ》ないと、もうしておりますのに。どこに武田《たけだ》の兵《へい》がいるか……近《ちか》くかも」

「わかっておる。気《き》をつける。だが……」

空《そら》をにらんだままの虎松《とらまつ》に、僧《そう》はやさしい声《こえ》になった。

「お気持《きも》ちはお察《さっ》しいたします。……武田《たけだ》はなんとおそろしいのでしょう。真《ま》っ赤《か》なよろいに身《み》を固《かた》めた、赤鬼《あかおに》のような者《もの》たちが、遠江《とおとうみ》からあそこに見《み》えるとうげをこえ、三河《みかわ》に入《はい》って街道《かいどう》を進《すす》んでいったとか。あるいは、この山《やま》のふもとにある長篠城《ながしのじょう》（現在《げんざい》の愛知県《あいちけん》新城市《しんしろし》にあった）あたりの町《まち》や村《むら》を荒《あ》らして、食《た》べ物《もの》を根《ね》こそぎうばったとも、聞《き》きました」

「真《ま》っ赤《か》なよろい……赤鬼《あかおに》のような者《もの》たち……」

「はい。武田《たけだ》の猛将山県《もうしょうやまがた》のひきいる兵《へい》たちのようです。どうやら、長篠城《ながしのじょう》の西《にし》にある野田《のだ》城《じょう》（現在《げんざい》の愛知県新城市《あいちけんしんしろし》にあった）をうばうつもりらしく……。あそこには徳川《とくがわ》の兵《へい》がたてこもっておりますゆえ。この山奥《やまおく》の寺《てら》とて、ぶじではすまされないかもしれません」

虎松《とらまつ》は僧《そう》の話《はなし》を聞《き》きながら、燃《も》えあがる炎《ほのお》の色《いろ》を赤《あか》く映《うつ》す空《そら》を、まだにらんでいた。

「わたしがもっと早《はや》く、大人《おとな》になっていれば、みなを守《まも》って戦《たたか》うのに。わたしばかりが、ふるさとをはなれ、ずっとかくれている。ただ生《い》きのびるために……いや、生《い》きるのは、やがて戦《たたか》うためだ。わたしはそう信《しん》じて、生《い》きている」

けれど今《いま》の虎松《とらまつ》は、寺《てら》にかくまわれているだけの、兵《へい》のひとりも、武器《ぶき》のひとつさえも持《も》っていない少年《しょうねん》だった。

(……信濃《しなの》の寺《てら》にかくれていたという父上《ちちうえ》も、このようなお気持《きも》ちだったのだろうか)

とてつもなく、くやしかった。

一月十一日《いちがつじゅういちにち》から野田城《のだじょう》が攻《せ》められ、ひと月《つき》ほどかかって城《しろ》が落《お》ちた。武田信玄《たけだしんげん》は、うばってあった長篠城《ながしのじょう》に入《はい》った、と村人《むらびと》から聞《き》いたのだが……。

「虎松《とらまつ》さま、大変《たいへん》です」

急《いそ》いでやってきた僧《そう》が、中庭《なかにわ》で木刀《ぼくとう》をふるっていた虎松《とらまつ》に告《つ》げた。

「武田《たけだ》のお屋形《やかた》が、この寺《てら》においでになります。万《まん》が一《いち》にもあなたのことが知《し》られたら」

「武田《たけだ》のお屋形《やかた》……信玄《しんげん》か！　信玄《しんげん》が来《く》る？」

どんな男《おとこ》だろう、その面《つら》をにらみつけてやりたい。虎松《とらまつ》はそう思《おも》った。

ふるさとを焼《や》いた男《おとこ》に斬《き》りつけてやる、と考《かんが》えるほど、無謀《むぼう》でおろかではないけれど、知《し》らん顔《かお》ができるはずがない。

虎松《とらまつ》の全身《ぜんしん》が、いつのまにか怒《いか》りでふるえだしていた。

「虎松《とらまつ》さま、奥《おく》にあるお堂《どう》にかくれ、こちらの建《た》てものには来《き》てはなりません」

「……わかった」

虎松《とらまつ》の心《こころ》を見透《みす》かしたように、僧《そう》はきびしい目《め》になった。

「よろしいですね。心《こころ》しずかにお経《きょう》を書《か》き写《うつ》してすごすように。ほかのことを考《かんが》えてはなりませんぞ」

急《いそ》いで身《み》のまわりの荷物《にもつ》をまとめ、奥《おく》にあるお堂《どう》に追《お》い立《た》てられた虎松《とらまつ》だった。けれど、もちろんおとなしくしているはずがない。夜《よる》になるのを待《ま》ち、そっとぬけだした。よく知《し》った寺《てら》の中《なか》、暗《くら》くてもこまらない。

寺《てら》の本堂《ほんどう》や主《おも》だった建《た》てもののまわりにはのぼりが立《た》ち、武田菱《たけだびし》の紋所《もんどころ》が入《はい》った陣幕《じんまく》がめぐらせてある。陣幕《じんまく》にはところどころ、風《かぜ》を通《とお》したり、内側《うちがわ》から外《そと》をのぞくための切《き》れ目《め》があった。内側《うちがわ》からお経《きょう》を読《よ》む声《こえ》が聞《き》こえてくる。

(このあたりか)

自分《じぶん》の影《かげ》が映《うつ》らないよう、暗《くら》がりをえらんで、虎松《とらまつ》はそっと切《き》れ目《め》に目《め》をおし当《あ》てた。

開《あ》け放《はな》たれた本堂《ほんどう》の前《まえ》に、おおぜいの将《しょう》や兵《へい》が地《ち》にひざをついてひかえている。そろいもそろって、真《ま》っ赤《か》なかぶとをわきにだき、真《ま》っ赤《か》なよろいの後《うし》ろすがた。

（赤鬼《あかおに》！）

周囲《しゅうい》を警戒《けいかい》しているのかと思《おも》ったら、ちがった。かぶとをぬいで、本堂《ほんどう》の仏《ほとけ》さまにむかい、一心《いっしん》に祈《いの》っているのだ。

（どういうことだ？）

もっとよく見《み》ようと、虎松《とらまつ》はそばの木《き》に登《のぼ》った。

本堂《ほんどう》の中《なか》が見《み》えた。明《あ》かりを点《とも》し、僧《そう》たちがならんでお経《きょう》を読《よ》んでいる。その後《うし》ろに、年老《としお》いて、背中《せなか》を苦《くる》しそうに曲《ま》げた男《おとこ》が、よろいもつけず、わきを若《わか》い男《おとこ》に支《ささ》えられて、仏《ほとけ》さまとむきあっていた。若《わか》い男《おとこ》の方《ほう》は、立派《りっぱ》なよろいをまとっている。名《な》のある武将《ぶしょう》だろう。

やがて、お経《きょう》がやんだ。そのふたりに僧《そう》たちが一礼《いちれい》して去《さ》ると、年老《としお》いて弱《よわ》りはてたような男《おとこ》が、こちらをむいた。目《め》の光《ひかり》だけが、やけにするどい。

思《おも》わず虎松《とらまつ》は、ぞくり、とふるえた。

男《おとこ》が口《くち》を開《ひら》く。

「……よいか。わしは死《し》なぬ。あと三年《さんねん》……なんとしても生《い》きて、京《きょう》をめざす。すでに徳《とく》川《がわ》は風前《ふうぜん》の灯火《ともしび》。春《はる》が終《お》わるまでには、徳川《とくがわ》の領地《りょうち》すべてが、こちらの手《て》に落《お》ちよう。次《つぎ》にねらうは、織田《おだ》の持《も》つ尾張《おわり》と美濃《みの》（現在《げんざい》の岐阜県南部《ぎふけんなんぶ》）」

おうっ、と将《しょう》や兵《へい》たちが声《こえ》をあげた。

「四郎《しろう》、将《しょう》を集《あつ》めよ。評定《ひょうじょう》（作戦会議《さくせんかいぎ》）をする」

支《ささ》えていた若《わか》い武将《ぶしょう》が、心配《しんぱい》する。

「父上《ちちうえ》、夜《よる》もふけました。ご無理《むり》なされては」

「言《い》うことを聞《き》け。……急《いそ》ぐのだ」

（あれが信玄《しんげん》だ。そして支《ささ》えているのは、息子《むすこ》の四郎勝頼《しろうかつより》か）

にらもうとしても、なんだかにらみつける気分《きぶん》がしぼんできて、虎松《とらまつ》はとまどった。おそろしいと思《おも》っていた信玄《しんげん》は、今《いま》にもたおれてしまいそうなほどに弱《よわ》っている。

（どういうことだ？）

けれど、将《しょう》たちも兵《へい》たちも、じっと信玄《しんげん》に心《こころ》をむけて身動《みうご》きしないようすだ。信玄《しんげん》のことを、信《しん》じきっている。

「時《とき》が足《た》らぬ！」

信玄《しんげん》にしかられて、四郎勝頼《しろうかつより》が、ほかの者《もの》に信玄《しんげん》をまかせ、集《あつ》める将《しょう》の名《な》をよびはじめた。

その声《こえ》にまぎれ、怒《いか》りをそらされたまま虎松《とらまつ》は木《き》を下《お》りた。いらいらするというのか、むしゃくしゃするというのか、にくいというより、悲《かな》しいような気持《きも》ちがこみあげてきた。じっとしていられず、お堂《どう》にもどって、また木刀《ぼくとう》をふりまわす。

「……なんだ、あれは！　なぜもっとおそろしいすがたで、現《あらわ》れてくれないのだ。目《め》の力《ちから》に名残《なごり》があるばかりの、ひどく病《や》んだ男《おとこ》ではないか」

時《とき》が足《た》らぬ、と信玄《しんげん》が言《い》っていた意味《いみ》が、虎松《とらまつ》にもなんとなくわかってきた。

「……どれほど強《つよ》く、だれにも負《ま》けずとも、時《とき》がすぎれば人《ひと》はいつか、病《や》んで、老《お》いて、望《のぞ》みを果《は》たせずに死《し》ぬということか。信玄《しんげん》ほどおそろしくとも、時《とき》には勝《か》てぬのか」

虎松《とらまつ》の目《め》から、なぜかなみだがあふれてきた。

それからふた月《つき》。

あの夜《よる》から武田信玄《たけだしんげん》は、動《うご》くことができなくなってしまった。暖《あたた》かくなり、花《はな》が咲《さ》きみだれるまで、鳳来寺《ほうらいじ》で体《からだ》がよくなるのを待《ま》っていたが、あきらめたらしい。

徳川《とくがわ》を完全《かんぜん》にほろぼすことができず、軍《ぐん》をすべて連《つ》れて甲斐《かい》へとひきあげていった。

けれど、とちゅうの信濃《しなの》の伊奈谷《いなだに》に入《はい》ってまもなく、四月十二日《しがつじゅうににち》に亡《な》くなったと、虎松《とらまつ》はあとで知《し》った。

信玄《しんげん》は、自分《じぶん》の死《し》を三年《さんねん》かくせ、かくして敵《てき》を攻《せ》めよ、と勝頼《かつより》に言《い》い残《のこ》したらしい。しかし、どこの軍《ぐん》にもようすをさぐる敵《てき》の忍《しの》びがこっそりとまぎれている。

信玄《しんげん》の死《し》を、武田《たけだ》に攻《せ》められていた武将《ぶしょう》たちはみな、すぐに知《し》っていた。

もう、武田《たけだ》の軍《ぐん》をおそれることはない。徳川《とくがわ》は数々《かずかず》の城《しろ》をとりもどした。

武田《たけだ》に荒《あ》らされた三河《みかわ》や遠江《とおとうみ》が落《お》ちつくのを待《ま》ち、一年半《いちねんはん》ほど後《のち》、井伊谷《いいのや》から虎松《とらまつ》に手紙《てがみ》が来《き》た。

『お父上《ちちうえ》の直親《なおちか》さまが亡《な》くなって十三年《じゅうさんねん》、供養《くよう》のための法要《ほうよう》を、井伊谷《いいのや》の龍潭寺《りょうたんじ》で年末《ねんまつ》に行《おこな》います。虎松《とらまつ》さまもおこしくださいますよう』

そう伝《つた》えられた虎松《とらまつ》は、すぐに決断《けつだん》した。

（何《なに》もせずにかくれていても、立派《りっぱ》な大人《おとな》になれるとはかぎらないまま、時《とき》は流《なが》れる。わたしは井伊谷《いいのや》へ帰《かえ》り、直虎《なおとら》さまに学《まな》んで当主《とうしゅ》をつぎ、人々《ひとびと》のために戦《たたか》おう。そのためにわたしは、生《い》きながらえたのだ）

鳳来寺《ほうらいじ》では虎松《とらまつ》を気《き》に入《い》り、この寺《てら》の僧《そう》にしたがっている。もうすぐ大人《おとな》になる虎松《とらまつ》には、その日《ひ》が近《ちか》いだろう。そもそも、いずれ僧《そう》になるという条件《じょうけん》で、かくまってもらったのだ。この寺《てら》から外《そと》へ出《で》るため、まずは、父《ちち》の法要《ほうよう》のためにいったん井伊谷《いいのや》へ帰《かえ》る許《ゆる》しだけを、虎松《とらまつ》は寺《てら》から得《え》た。

## 虎松《とらまつ》、井伊谷《いいのや》へ帰《かえ》る

天正二年《てんしょうにねん》（一五七四）十二月十四日《じゅうにがつじゅうよっか》。

虎松《とらまつ》は井伊谷《いいのや》へ帰《かえ》った。六年《ろくねん》ぶりだった。ふるさとをとりかこむ山《やま》の形《かたち》には見《み》おぼえがあり、なつかしい。きれいな水《みず》が流《なが》れる川《かわ》の、せせらぎの音《おと》もまた、なつかしい。龍潭寺《りょうたんじ》は真新《まあたら》しく、けずったばかりの木《き》の香《かお》りがしていた。

「……これは。やはり、武田《たけだ》に焼《や》かれてしまったのか」

むかえに来《き》た井伊家《いいけ》の家来《けらい》たちと、虎松《とらまつ》が寺《てら》の門前《もんぜん》にたどりつくと、やさしい声《こえ》が聞《き》こえてきた。

「お帰《かえ》りなさい、虎松《とらまつ》」

「……母上《ははうえ》!」

山門《さんもん》から出《で》てきた母朝《ははとも》の方《かた》のとなりには、見知《みし》らぬ武士《ぶし》がいた。母《はは》にかけよろうとした虎松《とらまつ》は、ためらった。

「虎松《とらまつ》。このかたが松下源太郎《まつしたげんたろう》さまです。わたくしの今《いま》の夫《おっと》で、あなたの新《あたら》しい父上《ちちうえ》になられるのですよ」

「新《あたら》しい父上《ちちうえ》……」

母《はは》が、直虎《なおとら》さまや南溪和尚《なんけいおしょう》さまと相談《そうだん》して、再婚《さいこん》したのは手紙《てがみ》で知《し》らされていた。父《ちち》の顔《かお》もおぼえていない虎松《とらまつ》には、母《はは》がとてもうれしそうに見《み》つめるそのたくましい武士《ぶし》が、大《おお》きくたのもしく感《かん》じられた。同時《どうじ》になんとなくさびしいような、いらだつような気持《きも》ちも感《かん》じる。

けれどもう、そんな複雑《ふくざつ》な気持《きも》ちを表《おもて》に出《だ》せるほど、自分《じぶん》が子《こ》どもではないことを虎松《とらまつ》はわかっていた。自分《じぶん》は井伊家《いいけ》の当主《とうしゅ》になるのだ。井伊谷《いいのや》を守《まも》っていかなくてはならないから、落《お》ちついた、心《こころ》の強《つよ》い男《おとこ》にならなくては。

礼儀正《れいぎただ》しく、虎松《とらまつ》はあいさつした。

「松下《まつした》さま。虎松《とらまつ》ともうします。武士《ぶし》にふさわしいさまざまなことを、教《おし》えみちびいてください」

「なんともかしこく、心《こころ》の強《つよ》そうな若君《わかぎみ》であろう。この松下源太郎清景《まつしたげんたろうきよかげ》、虎松《とらまつ》さまの父代《ちちが》わりになれることを、ほこりに思《おも》っております」

松下《まつした》は笑顔《えがお》で礼《れい》をした。

「さあ、直虎《なおとら》さまと祐椿尼《ゆうちんに》さま、南溪和尚《なんけいおしょう》さまがお待《ま》ちです。こちらへ」

龍潭寺《りょうたんじ》の奥座敷《おくざしき》で、虎松《とらまつ》は直虎《なおとら》たちに再会《さいかい》した。

「虎松《とらまつ》、なんと大《おお》きくなられた。背《せ》ものびて、わたくしよりも大《おお》きいではありませんか」

ひと目見《めみ》ただけで、直虎《なおとら》はなみだぐんでいる。おばあさまの祐椿尼《ゆうちんに》もだ。南溪和尚《なんけいおしょう》も温《あたた》かな笑顔《えがお》でうなずいている。

「直虎《なおとら》さま、おばあさま、南溪和尚《なんけいおしょう》さま。井伊虎松《いいとらまつ》、ただいまぶじにもどりました。長《なが》いあいだ、ご心配《しんぱい》をおかけいたしました」

あいさつをすると、祐椿尼《ゆうちんに》がたまらずといったようすで、虎松《とらまつ》の手《て》をぎゅっとにぎった。

「よかった、虎松《とらまつ》、元気《げんき》でまことによかった……こんなにも大《おお》きくなって、直盛《なおもり》さまや直《なお》親《ちか》どのにお見《み》せしたかった。なんとまあ、直親《なおちか》どのが信濃《しなの》から帰《かえ》ってきたときのお顔《かお》と、そっくりではないか。りりしい若武者《わかむしゃ》ぶりで……」

祐椿尼《ゆうちんに》が泣《な》き、直虎《なおとら》が背《せ》をさすってなぐさめる。虎松《とらまつ》はじっと家族《かぞく》を見《み》つめた。

（まこと、時《とき》とは止《と》めようなく流《なが》れるものだ。おばあさまの手《て》はしわだらけになり、体《からだ》も小《ちい》さくなられた。直虎《なおとら》さまもお歳《とし》をとられた。まぶしいほど美《うつく》しいかたであったのに。母《はは》上《うえ》も、和尚《おしょう》さまもそうだ。

わたしが大人《おとな》になる、というのは、そういうことなのだ）
これからは、自分《じぶん》が立派《りっぱ》な大人《おとな》として、老《お》いてゆく家族《かぞく》を守《まも》らなくてはならない。家族《かぞく》が守《まも》ってくれてきた井伊谷《いいのや》も、今《いま》からは自分《じぶん》が守《まも》らなくてはならないのだと、虎松《とらまつ》は強《つよ》く決意《けつい》した。

直親《なおちか》の法要《ほうよう》をすませた翌日《よくじつ》、龍潭寺《りょうたんじ》で虎松《とらまつ》たち家族《かぞく》は、相談《そうだん》をはじめた。

直虎《なおとら》が虎松《とらまつ》に言《い》った。

「虎松《とらまつ》、あなたを井伊谷《いいのや》のお城《しろ》にむかえたいのですが、武田《たけだ》に焼《や》かれてしまい、今《いま》は帰《かえ》る場所《ばしょ》がないのが本当《ほんとう》のところなのです。わたくしは今《いま》、このお寺《てら》に母上《ははうえ》と住《す》まわせてもらっています。井伊家《いいけ》の館《やかた》も何《なに》も、すべてもうありません。建《た》てなおそうにも、領地《りょうち》でとれた米《こめ》のたくわえも、たいせつな財《ざい》も武田《たけだ》にうばわれ、すぐには無理《むり》なのです」

南溪和尚《なんけいおしょう》も続《つづ》けた。

「どうにかまずは、この龍潭寺《りょうたんじ》だけを建《た》てなおしたのだが。わしらは、虎松《とらまつ》さまに、もうこの地《ち》をはなれていただきたくない。虎松《とらまつ》さまがここ遠江《とおとうみ》におられればこそ、井伊谷《いいのや》の者《もの》たちはみな、元気《げんき》を出《だ》してはたらき、勇気《ゆうき》を持《も》って里《さと》を守《まも》れる」

「虎松《とらまつ》は、井伊谷《いいのや》の光《ひかり》なのですよ。あなたが生《い》きていると思《おも》ったからこそ、みな、生《い》きぬいてきました。どれほど武田《たけだ》の軍《ぐん》に、ひどいめにあわされようとも」

直虎《なおとら》の言葉《ことば》に、母《はは》も松下《まつした》も祐椿尼《ゆうちんに》もうなずく。

「はい、直虎《なおとら》さま。わたしもその覚悟《かくご》で、鳳来寺《ほうらいじ》を出《で》てまいりました。もうあの寺《てら》へは帰《かえ》るつもりはありません。

井伊谷《いいのや》がわたしのふるさと、守《まも》るべき場所《ばしょ》です。……わたしはずっと、寺《てら》の裏山《うらやま》から、燃《も》える井伊谷《いいのや》の空《そら》を見《み》てきました。何《なに》もできず、見《み》ているだけで、どれほどくやしかったか。わたしはここを守《まも》りたいのです」

虎松《とらまつ》の決意《けつい》に、全員《ぜんいん》が心《こころ》を決《き》めた。

「もう、虎松《とらまつ》は鳳来寺《ほうらいじ》には返《かえ》しません。虎松《とらまつ》は井伊谷《いいのや》の当主《とうしゅ》になるのです。当主《とうしゅ》の役目《やくめ》はわたくしが教《おし》え、武士《ぶし》としては、松下《まつした》どのに育《そだ》てていただきましょう」

直虎《なおとら》が宣言《せんげん》する。松下《まつした》が一礼《いちれい》した。

「かしこまりました。けれど、わしも武士《ぶし》の基本《きほん》は教《おし》えられても、おおぜいの兵《へい》をまとめる武将《ぶしょう》の心得《こころえ》は教《おし》えられません。わしはそこまでの者《もの》ではありませんので」

「では……やはり、徳川《とくがわ》さまにおあずけするのがよろしいかと」

南溪和尚《なんけいおしょう》が言《い》うので、虎松《とらまつ》は見《み》つめ返《かえ》した。

「徳川《とくがわ》さまに？」

「さよう。信玄公《しんげんこう》亡《な》きあとの武田《たけだ》は、ほどなくおとろえましょう。徳川家康《とくがわいえやす》さまは、この遠江《とおとうみ》を、きっと守《まも》ってくださる。織田《おだ》さまと力《ちから》を合《あ》わせて。武田《たけだ》はもう、おそろしくはなくなるはず」

虎松《とらまつ》は、信玄《しんげん》の目《め》の光《ひかり》を思《おも》いだしていた。あれほどおとろえても、家来《けらい》の将《しょう》たちは、となりで支《ささ》える勝頼《かつより》ではなく、信玄《しんげん》だけを見《み》つめていた。武田《たけだ》から、あの光《ひかり》が失《うしな》われた。

「虎松《とらまつ》さまは徳川《とくがわ》さまにお仕《つか》えし、武将《ぶしょう》の道《みち》を歩《あゆ》まれるのがよろしいかと。当主《とうしゅ》は領地《りょうち》の主《あるじ》であり、戦《たたか》って領民《りょうみん》を守《まも》る武将《ぶしょう》なのですから」

南溪和尚《なんけいおしょう》に、虎松《とらまつ》は答《こた》えた。

「かしこまりました。徳川《とくがわ》さまにお仕《つか》えします」

「よく言《い》いました、虎松《とらまつ》」

直虎《なおとら》は、虎松《とらまつ》と見《み》つめあい、ほっとしたようにほほえんだ。


虎松《とらまつ》は返《かえ》さない、と伝《つた》えられた鳳来寺《ほうらいじ》からは、抗議《こうぎ》の手紙《てがみ》が来《き》た。けれど、「返《かえ》せ」というのを、南渓和尚《なんけいおしょう》が何度《なんど》も断《ことわ》っているうちに、あきらめたようだ。

春《はる》が近《ちか》づくのを待《ま》ち、天正三年《てんしょうさんねん》（一五七五）の二月十五日《にがつじゅうごにち》、十五歳《じゅうごさい》になった虎松《とらまつ》は、松下《まつした》に連《つ》れられ、浜松城《はままつじょう》の近《ちか》くの道《みち》で、徳川家康《とくがわいえやす》が通《とお》りかかるのを待《ま》った。

家康《いえやす》はこのとき三十四歳《さんじゅうよんさい》。三河《みかわ》や遠江《とおとうみ》の土地《とち》をあきらめきれず、しつこく兵《へい》を送《おく》ってくる武田勝頼《たけだかつより》との小競《こぜ》りあいや、町《まち》や村《むら》のたてなおしの合間《あいま》に、ときどき大好《だいす》きな鷹狩《たかが》りで息抜《いきぬ》きをする。飼《か》っている鷹《たか》を飛《と》ばして、獲物《えもの》をとらえる狩《か》りだ。

この日《ひ》は、その息抜《いきぬ》きの狩《か》りをすると、松下《まつした》が調《しら》べてきたのだ。

やがて、家康《いえやす》と供《とも》の家来《けらい》たちが、馬《うま》に乗《の》って行列《ぎょうれつ》をつくり、城《しろ》の方《ほう》からやってきた。荷《に》物運《もつはこ》びの者《もの》たちも、たくさん連《つ》れている。

虎松《とらまつ》は、直虎《なおとら》と祐椿尼《ゆうちんに》が用意《ようい》してくれた美《うつく》しい衣装《いしょう》を着《き》て、道《みち》のはじにひざをつき、背《せ》すじをのばした。顔《かお》だけをふせる。松下《まつした》もならんでかがみ、ひかえた。

りんとしたたたずまいの虎松《とらまつ》のすがたに、家康《いえやす》が目《め》をとめたようだ。馬《うま》が止《と》まった。

「これ、そこにおる若者《わかもの》。なかなかの若武者《わかむしゃ》だな、苦《くる》しゅうない、顔《かお》を見《み》せよ」

あらかじめ打《う》ちあわせたとおり、松下《まつした》が答《こた》えた。

「ははっ。おそれながら、これはわが息子《むすこ》、そのようにたいした者《もの》ではございません。わしは浜松《はままつ》のご城下《じょうか》に住《す》む松下源太郎清景《まつしたげんたろうきよかげ》ともうします。息子《むすこ》は虎松《とらまつ》でございます」

家康《いえやす》は虎松《とらまつ》から目《め》をはなさなかった。

「ほほう、松下虎松《まつしたとらまつ》か。落《お》ちついて、どうどうとしているではないか。気《き》に入《い》った、さあ、顔《かお》を見《み》せよ」

虎松《とらまつ》はゆっくりと顔《かお》をあげ、まっすぐに家康《いえやす》を見《み》つめた。家康《いえやす》が目《め》をみはる。

「これほどのひきしまった顔《かお》つき、するどいまなざし、よい息子《むすこ》を持《も》ったものだ。どうだ、松下《まつした》、息子《むすこ》をわしのもとに仕《つか》えさせては」

「もったいのうございます……しかし、殿《との》さまのおおせとあらば、どうしてお断《ことわ》りできましょう」

心《こころ》の中《なか》で、虎松《とらまつ》は「よし」と思《おも》った。けれど、顔《かお》には出《だ》さず、ふかぶかとおじぎをする。

「ありがたき幸《しあわ》せにございます。殿《との》さまに心《こころ》より忠義《ちゅうぎ》をつくし、お仕《つか》えもうしあげます」

家康《いえやす》はうなずいた。こんな道《みち》ばたで見《み》つけた者《もの》を、と周囲《しゅうい》の家来《けらい》たちは顔《かお》を見《み》あわせていたが、虎松《とらまつ》がどうどうとしているので、それならば、とうなずく。

「……しかし、松下《まつした》、そなたにはあまり似《に》ておらぬようだが？」

家康《いえやす》がじっとふたりを見《み》ている。

「ははっ、それは……妻《つま》に似《に》ておるのでしょう」

「それにしても、ただならぬ思《おも》いを感《かん》じるのだが。虎松《とらまつ》、そなたが心《こころ》に秘《ひ》めておることは何《なに》か。おそれず、もうしてみよ」

見《み》ぬくとは、さすが、人《ひと》の上《うえ》に立《た》つ殿《との》さまだ。おどろきつつ、虎松《とらまつ》はおじぎをしたまま、覚悟《かくご》を決《き》めて答《こた》えた。

「わたしの母《はは》は夫《おっと》を亡《な》くし、この父《ちち》と再婚《さいこん》いたしました。実《じつ》の父《ちち》の名《な》は、井伊直親《いいなおちか》ともうします」

実《じっ》の父《ちち》の名《な》に、家来《けらい》たちが息《いき》をのんだ。家康《いえやす》も、丸《まる》い目《め》をますます大《おお》きくした。

「なるほど！　井伊《いい》の当主直虎《とうしゅなおとら》どのが、どこかにかくして守《まも》る子《こ》がいるらしいと、聞《き》いたことがあったが、そなたか。井伊家《いいけ》といえば、伝説《でんせつ》の祖先《そせん》を持《も》つ高貴《こうき》な家《いえ》。そして、民《たみ》をたいせつにし、守《まも》りぬく家《いえ》だ。道理《どうり》で、よい顔《かお》つきだと思《おも》った」

家康《いえやす》は馬《うま》を下《お》り、虎松《とらまつ》に近《ちか》づいた。しみじみと語《かた》る。

「井伊直親《いいなおちか》どの……亡《な》くなられたのは、わしのせいだ。今川《いまがわ》を裏切《うらぎ》り、わしに味方《みかた》しているとされたので、あのようなことに……。まことにもうしわけないことをした。直盛《なおもり》どのが、桶狭間《おけはざま》の戦《いくさ》のとき、わしの代《か》わりに大高城《おおだかじょう》（現在《げんざい》の愛知県名古屋市緑区《あいちけんなごやしみどりく》にあった）へ荷物運《にもつはこ》びをする隊《たい》を指揮《しき》し、わしが義元《よしもと》さまを守《まも》る役目《やくめ》になっていたかもしれない。そうなれば、あそこで死《し》んでいたのはわしだ。直平《なおひら》どのが毒《どく》をもられたときも、わしは助《たす》けられなかった。

まこと、そなたや直虎《なおとら》どのが苦労《くろう》されたのは、わしにも罪《つみ》がある。許《ゆる》してくれ」

家康《いえやす》が井伊家《いいけ》のことをおぼえていて、おわびをしてくれたことに、虎松《とらまつ》は感激《かんげき》した。

（徳川家康《とくがわいえやす》さま……人《ひと》をたいせつにしてくださる、心《こころ》の広《ひろ》いおかただ）

井伊谷《いいのや》と井伊家《いいけ》を守《まも》るためだけでなく、わたし自身《じしん》の本心《ほんしん》からこの殿《との》に仕《つか》えよう、と虎《とら》松《まつ》は決《き》めた。

「この上《うえ》なくもったいないお言葉《ことば》にございます。亡《な》き父《ちち》たちも、報《むく》われましょう。かたじけなく存《ぞん》じます」

うんうん、と笑《え》みをこぼした家康《いえやす》は、ふいに真顔《まがお》になった。

「では、松下虎松《まつしたとらまつ》ではなく、井伊虎松《いいとらまつ》ではないか。……いや、待《ま》て、井伊《いい》の男子《だんし》にこれ以《い》上不運《じょうふうん》があってはよろしくない。わしが、長生《ながい》きできる名《な》を与《あた》えよう」

すこし考《かんが》え、家康《いえやす》は家来《けらい》に紙《かみ》と筆《ふで》を持《も》ってこさせた。

「まず、わしが子《こ》どものころに竹千代《たけちよ》となのっていたので、その千代《ちよ》をやろう。千代《ちよ》とは千年《せんねん》のこと、その十倍《じゅうばい》の万年《まんねん》も生《い》きられるよう、万《まん》の字《じ》もつけて、万千代《まんちよ》。どうだ？」

家康《いえやす》は紙《かみ》に『井伊万千代《いいまんちよ》』と書《か》き、にっこりしてさしだした。

「井伊万千代《いいまんちよ》、これよりそなたは、わしの家臣《かしん》だ。そば近《ちか》くで、用《よう》をつとめよ」

「はっ。かしこまりました」

こうして、虎松《とらまつ》あらため井伊万千代《いいまんちよ》は、浜松城《はままつじょう》で徳川家康《とくがわいえやす》に仕《つか》え、家康《いえやす》から言《い》いつけられた雑用《ざつよう》をこなす仕事《しごと》についた。

# 二　戦《いくさ》の中《なか》へ

## 初陣《ういじん》

井伊万千代《いいまんちよ》が徳川家康《とくがわいえやす》に仕《つか》えてまもなく、天正三年《てんしょうさんねん》（一五七五）五月《ごがつ》に、攻《せ》めこんできた武田勝頼《たけだかつより》の軍《ぐん》が、鳳来寺《ほうらいじ》近《ちか》くの長篠城《ながしのじょう》をおそった。織田信長《おだのぶなが》に、城《しろ》の者《もの》たちが助《たす》けをもとめ、徳川軍《とくがわぐん》も織田軍《おだぐん》といっしょに戦《たたか》うことになった。

まだ武将見習《ぶしょうみなら》いになったばかりの万千代《まんちよ》は、この戦《たたか》いには参加《さんか》させてもらえず、浜松城《はままつじょう》で留守《るす》を守《まも》ることになった。

長篠城《ながしのじょう》の西《にし》、設楽原《したらがはら》（現在《げんざい》の愛知県新城市《あいちけんしんしろし》）で、織田《おだ》・徳川軍《とくがわぐん》と武田軍《たけだぐん》がぶつかった。

まだ日本《にっぽん》では新《あたら》しい武器《ぶき》だった鉄砲《てっぽう》を、たくさん用意《ようい》しておいた織田軍《おだぐん》が、武田軍《たけだぐん》の騎馬《きば》武者隊《むしゃたい》をつぎつぎに撃《う》ち、たおした。この戦《たたか》いで、あれほどおそれられた武田《たけだ》の猛将《もうしょう》たちが、鉄砲玉《てっぽうだま》に当《あ》たり、たくさん死《し》んでしまったのだ。

井伊谷《いいのや》を守《まも》るため、武将《ぶしょう》をめざしている万千代《まんちよ》は、城《しろ》に帰《かえ》ってきた徳川《とくがわ》の武将《ぶしょう》ふたりに、おそれずに近《ちか》づいて聞《き》いた。

「戦《いくさ》はいかがなようすでしたか？　おふたりは、とてもお強《つよ》いとうかがいました。ぜひ、学《まな》ばせてください」

んん？　とふりかえったのは、榊原康政《さかきばらやすまさ》と本多忠勝《ほんだただかつ》だった。歴戦《れきせん》の勇士《ゆうし》で、名《な》を聞《き》いただけで敵兵《てきへい》がおそれて逃《に》げだすと、城下《じょうか》ではうわさされている。ふたりとも、万千代《まんちよ》よりも十三歳《じゅうさんさい》ほど年上《としうえ》で、三十歳近《さんじっさいちか》い。

「殿《との》の新《あたら》しい小姓《こしょう》（雑用係《ざつようがかり》の少年《しょうねん》）か」

「春先《はるさき》に道《みち》ばたで見《み》つけた、井伊《いい》のせがれ（息子《むすこ》）だな。確《たし》かに、気《き》の強《つよ》そうな面《つら》がまえをしている」

教《おし》えてください、とたのむ万千代《まんちよ》に、ふたりはいろいろと話《はなし》をしてくれた。

「ひきいる兵《へい》たちとともども、真《ま》っ赤《か》なよろいかぶとを身《み》につけていた、山県《やまがた》という武将《ぶしょう》の名《な》を聞《き》いたことがあるか？」

「はい。以前《いぜん》、見《み》かけたことがあります」

「討《う》ち死《じ》にした。山県《やまがた》がひきいていた者《もの》たちも……戦場《いくさば》に、真《ま》っ赤《か》な花《はな》が咲《さ》くように、赤《あか》いよろいかぶとの兵《へい》たちがたおれ、ひとりとして、こちらに足《あし》をむけている者《もの》はいなかった」

「みな、逃《に》げていくところを、鉄砲《てっぽう》に撃《う》たれたのではない。撃《う》たれても、撃《う》たれても、むかってきたのだ」

「あの、赤鬼《あかおに》のような一団《いちだん》が、たおれたのか……」

おそろしいと思《おも》ったのに、たおれてしまうものなのだ。

考《かんが》えている万千代《まんちよ》に、ふたりは言《い》った。

「これで、力《ちから》を失《うしな》った武田《たけだ》は、まもなくほろびるだろうよ」

「今《いま》こそ、武田《たけだ》にうばわれた、高天神城《たかてんじんじょう》（現在《げんざい》の静岡県掛川市《しずおかけんかけがわし》にあった）をとりかえすのだ」

「高天神城《たかてんじんじょう》？」

「掛川城《かけがわじょう》の南《みなみ》にあって、海《うみ》まで一里《いちり》（約四《やくよん》キロメートル）あまり。真《ま》っ平《たい》らな海岸《かいがん》にそって、この浜松《はままつ》まで出《で》てくるとき、兵糧《ひょうろう》（食料《しょくりょう》）や武器《ぶき》をためておくのに、とても都合《つごう》のいい場所《ばしょ》にある。われらの城《しろ》だったが、おととし、武田《たけだ》にうばわれたのだ」

「そのように都合《つごう》のいい城《しろ》を、敵《てき》がもっていてはこまるのでなあ」

榊原《さかきばら》と本多《ほんだ》、ふたりの武将《ぶしょう》が言《い》ったとおり、家康《いえやす》は、その年《とし》のうちに、武田《たけだ》からさらにいくつも城《しろ》をうばい返《かえ》した。とうとう武田《たけだ》の兵《へい》がいる城《しろ》は、高天神城《たかてんじんじょう》だけになった。

翌天正四年《よくてんしょうよねん》（一五七六）の二月《にがつ》になろうとするころ。家康《いえやす》が万千代《まんちよ》にたずねた。

「万千代《まんちよ》も、わしに仕《つか》えてそろそろ一年《いちねん》。武芸《ぶげい》のけいこにも熱心《ねっしん》と聞《き》く。どうだ、武田《たけだ》の兵《へい》がまだうろついているのを追《お》いはらいに行《い》くが、ついてくる勇気《ゆうき》はあるか」

「ははっ、もちろんでございます」

さっそく、家康《いえやす》は万千代《まんちよ》によろいとかぶとを用意《ようい》して、それを身《み》につける儀式《ぎしき》もしてくれた。

二月七日《にがつなのか》、万千代《まんちよ》は芝原《しばはら》というところで、高天神城《たかてんじんじょう》へ食料《しょくりょう》を運《はこ》び入《い》れようとする武田勝頼《たけだかつより》の軍《ぐん》と戦《たたか》うことになった。

敵兵《てきへい》とにらみあう戦場《いくさば》で、馬上《ばじょう》の万千代《まんちよ》は緊張《きんちょう》していた。ふるえないように歯《は》を食《く》いしばって、槍《やり》を手《て》に四方《しほう》をにらんでいた。敵《てき》が来《き》たら、かならず討《う》ちとるつもりだった。けっして逃《に》げなかったという、あの武田《たけだ》の赤鬼《あかおに》たちのように。

(おそろしいと思《おも》われるほどの武将《ぶしょう》になるには、初陣《ういじん》のその日《ひ》から逃《に》げてはならない。助《たす》けてもらってもならない。わたしは強《つよ》く、強《つよ》くならなければ)

その晩《ばん》、戦場《いくさば》に仮《かり》の小屋《こや》を建《た》て、家康《いえやす》はその中《なか》で眠《ねむ》った。そばの幕《まく》の中《なか》で、万千代《まんちよ》も休《やす》んでいた。興奮《こうふん》してねむれなかった。

すると……。真夜中《まよなか》をすぎて、風《かぜ》がないのに、かすかに幕《まく》がゆれた。

暗闇《くらやみ》にまぎれ、小屋近《こやちか》くにやってきた人影《ひとかげ》がいくつかある。万千代《まんちよ》はそっと幕《まく》に近《ちか》づき、切《き》れ目《め》からのぞいた。人影《ひとかげ》は、じっと小屋《こや》の方《ほう》をうかがっている。

男《おとこ》がひとり、ふたり、三人《さんにん》……。黒《くろ》っぽい身軽《みがる》なしたくだ。三人《さんにん》は小屋《こや》をかこむように、三方《さんぽう》へ散《ち》った。小屋《こや》の方《ほう》を見《み》たままでいる。

(あやしいやつ。殿《との》をお守《まも》りするなら、外《そと》の方《ほう》をむいているはずだ)

万千代《まんちよ》は刀《かたな》をにぎりしめ、足音《あしおと》を忍《しの》ばせて、幕《まく》の外《そと》へ出《で》た。いちばん近《ちか》くの男《おとこ》にそっと歩《あゆ》みよる。

「おい、何《なに》をしている」

しずかに声《こえ》をかけると、その男《おとこ》はうつむいて、あわてずに答《こた》えた。

「小用《しょうよう》を足《た》しに出《で》て、暗《くら》くてまよいました」

しかし、男《おとこ》がちらっと顔《かお》をあげ、万千代《まんちよ》がまだ少年《しょうねん》と気《き》づいたとたん、ふん、と鼻《はな》で笑《わら》っていきなり短刀《たんとう》で斬《き》りつけてきた。

万千代《まんちよ》はすばやく飛《と》びのき、刀《かたな》を横《よこ》にないで短刀《たんとう》をはじくと、同時《どうじ》にさけぶ。

「敵《てき》の忍《しの》びだっ！」

気合《きあ》いもろとも、敵《てき》に大《おお》きな一刀《いっとう》をあびせかける。首《くび》すじを傷《きず》つけられた敵《てき》は、ばったりとたおれてすぐ動《うご》かなくなった。そこへ、もうひとりがおそいかかってくる。

がちん、と音《おと》を立《た》てて、刃《やいば》と刃《やいば》がぶつかった。

何度《なんど》か刀《かたな》を打《う》ちあわせ、力《ちから》まかせに相手《あいて》をはじきとばすと、万千代《まんちよ》は捨《す》て身《み》の作戦《さくせん》に出《で》た。わざとたおれこむふりをして身《み》をしずめ、相手《あいて》の足《あし》のつけ根《ね》をねらって、突《つ》きあげるように斬《き》る。相手《あいて》も刃《やいば》をふりおろした。

ちりっと左《ひだり》の肩口《かたぐち》に熱《ねっ》が走《はし》る。しかし、手応《てごた》えがあった。斬《き》られた相手《あいて》はよろめき、もがきながら足《あし》をひきずってでも逃《に》げようとする。三人《さんにん》めが逃《に》げる足音《あしおと》が背後《はいご》でした。

「逃《に》がすなぁっ！」

万千代《まんちよ》がどなると、たちまち、手《て》に手《て》にたいまつの明《あ》かりを持《も》ったおおぜいの家来《けらい》たちがかけつけてくる。万千代《まんちよ》が傷《きず》つけた相手《あいて》と、逃《に》げかけた三人《さんにん》めは、それぞれ榊原《さかきばら》と本多《ほんだ》に斬《き》りふせられた。

「なんとしたこと！　武田《たけだ》め、殿《との》の暗殺《あんさつ》をたくらんでいたとは」

家来《けらい》たちが怒《いか》りをあらわにする。

「井伊《いい》どのが、ひとりでたちむかったのか」

「そなた、人《ひと》を斬《き》ったことはまだなかったろうに」

榊原《さかきばら》と本多《ほんだ》は、あきれて顔《かお》を見《み》あわせた。

「おみごと……」と、ほかの家来《けらい》たちが感心《かんしん》する。

「後先考《あとさきかんが》えず、ひとりで飛《と》びだすとは、命知《いのちし》らずめ。長生《ながい》きせんぞ」

と、本多《ほんだ》がしぶい顔《かお》になった。榊原《さかきばら》が冷静《れいせい》に言《い》う。

「命知《いのちし》らずだの、ひとりで飛《と》びだすだの、おまえもずっと、そう言《い》われてきただろうが」

「わしは一度《いちど》たりとも、傷《きず》を負《お》ったことはない。まずはわが身《み》のなりゆきを、ちっとは考《かんが》えてから、槍《やり》をふるっておるわ。しかしどうだ、井伊《いい》どの、けがをしているではないか。いきなり捨《す》て身《み》になるとは、そなた、あせったおろか者《もの》だったか」

はっとして、万千代《まんちよ》が左《ひだり》の肩口《かたぐち》にふれると、よろいの肩当《かたあ》てのすきまがしめっている。下《した》の着物《きもの》も切《き》れていた。

(血《ち》だ……！)

熱《あつ》い痛《いた》みがふいに感《かん》じられ、がくがくとひざがふるえだした。

「……ほんのかすり傷《きず》です。剣《けん》の修業《しゅぎょう》がまるで足《た》りず、はずかしいものをお見《み》せしました」

(わたしは強《つよ》い。このふるえは、敵《てき》をたおしたうれしさからくる、武者《むしゃ》ぶるいだ。強《つよ》い、わたしは強《つよ》いのだ。こわかったのではないぞ)

どうにかふるえを止《と》めようとしている万千代《まんちよ》を見《み》て、榊原《さかきばら》が冷《つめ》たくつぶやいた。

「このくらいでおびえるようでは、この先《さき》、使《つか》いものにならないがな」

万千代《まんちよ》は思《おも》わず、榊原《さかきばら》をにらみつけたが、(そのとおりだ)と思《おも》いなおし、礼《れい》をした。

このさわぎに、家康《いえやす》もおきてきた。点《とも》された明《あ》かりに照《て》らされた敵《てき》の忍《しの》びたちの骸《むくろ》を見《み》て、そばにひかえる万千代《まんちよ》に声《こえ》をかける。

「肝《きも》のすわった目《め》つきだ。はじめて人《ひと》を斬《き》ったというに、まるでおそれていない。そなたを仕《つか》えさせたのは、神仏《しんぶつ》のみちびきかもしれない。末《すえ》たのもしいぞ」

家康《いえやす》の命《いのち》を守《まも》った万千代《まんちよ》は、すっかり気《き》に入《い》られたのだった。


この手柄《てがら》によって、万千代《まんちよ》は正式《せいしき》に井伊家《いいけ》の当主《とうしゅ》としてみとめられ、井伊谷《いいのや》を領地《りょうち》とした。井伊谷《いいのや》を治《おさ》める領主《りょうしゅ》ともなったのだ。

龍潭寺《りょうたんじ》に、尼《あま》のすがたにもどった直虎《なおとら》を訪《たず》ねて、このことをしらせると、万千代《まんちよ》はたのんだ。

「これからも、井伊谷《いいのや》は直虎《なおとら》さまがお守《まも》りください。わたしは浜松城《はままつじょう》で、殿《との》のそばではたらかねばなりません。井伊谷《いいのや》の人々《ひとびと》に目《め》を配《くば》ることまでは、むずかしいのです」

これまで苦労《くろう》して井伊谷《いいのや》を守《まも》ってきた直虎《なおとら》に対《たい》する、万千代《まんちよ》のお礼《れい》と尊敬《そんけい》の気持《きも》ちから出《で》た言葉《ことば》だった。それを聞《き》いて、直虎《なおとら》はやさしくほほえんだ。

「まあ、もうわたくしは必要《ひつよう》ないので、隠居《いんきょ》でもして、ゆっくりとおすごしください、とおっしゃるのかと思《おも》えば」

「いえ、わたしはまだ、この地《ち》を治《おさ》める領主《りょうしゅ》としての仕事《しごと》を、直虎《なおとら》さまに教《おそ》わってはおりません。浜松城《はままつじょう》へ行《い》ったきりで。教《おし》えていただくまでは、お元気《げんき》でいてくださらないと。

わたしのような若造《わかぞう》、何《なに》も教《おそ》わらないまま、いきなり当主《とうしゅ》だといばってみても、みなが不安《ふあん》をおぼえましょう。

まずは、一人前《いちにんまえ》の大人《おとな》の武将《ぶしょう》として、殿《との》にみとめていただいてまいります。武将《ぶしょう》になることと領主《りょうしゅ》や当主《とうしゅ》になること、いくつものことを一度《いちど》にしては、半端《はんぱ》なままになりかねません。けっして、楽《らく》をしたいわけではございません」

直虎《なおとら》はしずかにうなずいた。

「では、この尼《あま》がもうしばらく、あなたが大人《おとな》になるまでは、井伊谷《いいのや》をおあずかりして、人々《ひとびと》を見守《みまも》りましょう。さまざまな決《き》めごとは、あなたに手紙《てがみ》を送《おく》り、相談《そうだん》してから定《さだ》めましょうね。それが、あなたが領主《りょうしゅ》の仕事《しごと》を学《まな》ぶことにもなります。

虎松《とらまつ》……いえ、万千代《まんちよ》どの、徳川《とくがわ》さまのもとで、学《まな》び、たくましく、心《こころ》ひろき武将《ぶしょう》におなりくださいませ」

## 高天神城《たかてんじんじょう》を手《て》に入《い》れろ

高天神城《たかてんじんじょう》をめぐる小競《こぜ》りあいは、思《おも》いがけず、何年《なんねん》も続《つづ》いてしまった。武田《たけだ》の兵《へい》は、城《しろ》にたてこもって、いくらおどしても出《で》てこない。

家康《いえやす》はあせらなかった。高天神城《たかてんじんじょう》のまわりにいくつもの砦《とりで》を築《きず》いて、通《とお》る敵《てき》には攻撃《こうげき》をしかけ、武田《たけだ》からの応援《おうえん》の兵《へい》や食料《しょくりょう》がとどかないようにした。

「高天神城《たかてんじんじょう》はよくできた守《まも》りのかたい城《しろ》だ。へたに攻《せ》めて、逃《に》げられないと覚悟《かくご》を決《き》めた敵《てき》が、みずからを犠牲《ぎせい》にし、建《た》てものごと燃《も》やして灰《はい》にされては、もったいない。城《しろ》に兵《ひょう》糧《ろう》がなくなり、腹《はら》が減《へ》れば、兵《へい》が出《で》てくると思《おも》ったのだが、敵《てき》ながら、ずいぶんとがんばっておるものよ」

「殿《との》は、ずいぶんとじっくり作戦《さくせん》を進《すす》めるのでございますね」

そばで用《よう》を言《い》いつけられるのを待《ま》つ万千代《まんちよ》がたずねると、家康《いえやす》はのんびりと答《こた》える。

「それが、わしのやりかただ。織田信長《おだのぶなが》さまなら、一気《いっき》に攻《せ》めるだろうがな。織田《おだ》の家臣《かしん》の羽柴秀吉《はしばひでよし》どのなら、また別《べつ》のやりかたで、城《しろ》をとりもどすだろう。

しかしわしは、なんどもつらいめにあって、どうにか生《い》きのびてきた。そういう運《うん》に生《う》まれ、これからもきっとそうだろうから、なるべく疲《つか》れない、傷《きず》を負《お》わない、確実《かくじつ》に生《い》きられる作戦《さくせん》でいく。相手《あいて》が弱《よわ》るまでじっと待《ま》つ」

さて、と家康《いえやす》は万千代《まんちよ》にたずねた。

「高天神城《たかてんじんじょう》をとりもどそうとして、もう五年《ごねん》。そなたも、用《よう》を言《い》いつけられるだけでなく、たびたび敵兵《てきへい》を追《お》い散《ち》らす武将《ぶしょう》に育《そだ》った。勇気《ゆうき》ある者《もの》だから、育《そだ》ちも早《はや》い。そなたに、ひとつ役目《やくめ》をまかせてみようと思《おも》うが、受《う》けてくれるか」

「ははっ、かしこまってございます」

家康《いえやす》は、万千代《まんちよ》に忍《しの》びの頭《かしら》と、その部下《ぶか》の数人《すうにん》を紹介《しょうかい》した。

「この者《もの》たちを連《つ》れていき、ともに高天神城《たかてんじんじょう》に忍《しの》びこんで、そなたの考《かんが》えで、よい仕事《しごと》をしてまいれ」

天正九年《てんしょうくねん》（一五八一）の春《はる》まっさかり、二十一歳《にじゅういっさい》の万千代《まんちよ》は、忍《しの》びたちとともに、高天神城《たかてんじんじょう》に歩《ある》いて近《ちか》づいた。

「高天神城《たかてんじんじょう》は、去年《きょねん》からずっと、榊原《さかきばら》どのをはじめとした武将《ぶしょう》がたが、かわるがわる、いっそうの攻撃《こうげき》をしかけている。兵糧《ひょうろう》も残《のこ》り少《すく》なくなっているはずなのに、武田《たけだ》からの援軍《えんぐん》が来《く》ると信《しん》じて、城《しろ》を捨《す》てずに、ねばり続《つづ》けているのかもしれない。それで、殿《との》は、わたしに、なんとかしろとおおせなのだろう」

「井伊《いい》どの、どのようにされるか、お手並《てな》み拝見《はいけん》いたしましょう」

忍《しの》びの頭《かしら》がにこりともせず、じっとさぐるように万千代《まんちよ》を見《み》つめる。

二十歳《はたち》をすぎているというのに、万千代《まんちよ》はまだ、少年《しょうねん》のような髪型《かみがた》とすがたのままだった。大人《おとな》の名前《なまえ》もつけてもらっていない。

それは、家康《いえやす》が気《き》に入《い》っていて、ずっとそばで用《よう》を言《い》いつけたいからだと、家臣《かしん》たちがうわさしているのを知《し》っていた。一人前《いちにんまえ》の大人《おとな》になれば、城《しろ》に住《す》みこみではなく、やしきをもらって、自身《じしん》の家来《けらい》たちも持《も》ち、独立《どくりつ》するからだ。

（殿《との》にかわいがっていただいているのは、とてもありがたく、うれしいのだが……）

早《はや》く立派《りっぱ》な大人《おとな》になって、独立《どくりつ》した一人前《いちにんまえ》の武将《ぶしょう》として、直虎《なおとら》さまをはじめ家族《かぞく》を安心《あんしん》させたい。

その一心《いっしん》でこれまで、武田《たけだ》の兵《へい》との小競《こぜ》りあいという小《ちい》さな戦《いくさ》でも、真剣《しんけん》に、けんめいに戦《たたか》い、敵《てき》もたくさんたおしてきた。刀《かたな》と槍《やり》のけいこにもはげんだ。

別《べつ》の城《しろ》をとり返《かえ》す戦《たたか》いでも活躍《かつやく》した。そのときは、大人《おとな》としてみとめてくださるものと思《おも》ったのに、領地《りょうち》が三倍《さんばい》あまりに増《ふ》えただけだった。

一気《いっき》に三倍《さんばい》とは、めったにない出世《しゅっせ》だったのだが、出世《しゅっせ》だけしても大人《おとな》としてみとめられないのは、不安《ふあん》で、くやしかった。

(わたしがまだまだ、殿《との》のお役《やく》に立《た》つには至《いた》っていないということなのか。三年前《さんねんまえ》に亡《な》くなったおばあさまに、わたしの大人《おとな》のすがたを見《み》ていただけなかったのは、まことに残念《ざんねん》だった)

忍《しの》びの頭《かしら》が、考《かんが》えている万千代《まんちよ》から目《め》をはなさない。この仕事《しごと》のたいせつさをどれだけわかっているか、はかろうとしているようだ。

(このような特別《とくべつ》な役目《やくめ》をくださるとは、殿《との》は今度《こんど》こそわたしを、大人《おとな》とみとめてくださ

るにちがいない。失敗《しっぱい》はできないぞ）

万千代《まんちよ》は自信《じしん》がありそうに、どうどうと答《こた》えてみせる。

「うむ……まず、暗《くら》くなるまで砦《とりで》にひそみ、高天神城《たかてんじんじょう》を見《み》ながら考《かんが》えをまとめよう」

しかし、心《こころ》の中《なか》では、けんめいに考《かんが》えていた。

（ぜったい、失敗《しっぱい》はできない。戦場《いくさば》の真《ま》ん中《なか》で敵《てき》の兵《へい》をけちらすだけなら、それほど考《かんが》えもいらないけれど、忍《しの》びこむとなると）

失敗《しっぱい》しない方法《ほうほう》をあれこれ考《かんが》えながら、砦《とりで》まで来《き》た万千代《まんちよ》だ。緊張《きんちょう》で、すっかりのどがかわいてしまった。

まず、砦《とりで》の近《ちか》くのわき水《みず》で、のどをうるおす。

「うまい！　井伊谷《いいのや》ほどではないが、なかなかの水《みず》だ」

そのとき、直虎《なおとら》の言葉《ことば》が耳《みみ》によみがえった。

――『井伊谷《いいのや》は、水《みず》をたいせつにして生《い》きているのですよ。よい水《みず》がなければ、人《ひと》は健《すこ》やかに生《い》きられません』

（そうだ、水《みず》だ）

万千代《まんちよ》はとって返《かえ》し、忍《しの》びの頭《かしら》に持《も》ちかけた。
「高天神城《たかてんじんじょう》の中《なか》にも、水《みず》をくむ井戸《いど》がある。それをこわして、埋《う》めてしまおう。そろそろ春《はる》がすぎて夏《なつ》が近《ちか》づき、暑《あつ》くなる日《ひ》もある。人《ひと》は水《みず》がなければ、生《い》きられない。兵糧《ひょうろう》がないよりも早《はや》く、がまんできなくなるはずだ」

その夜《よる》、万千代《まんちよ》は忍《しの》びたちに助《たす》けてもらいながら、高天神城《たかてんじんじょう》のへいをのりこえ、こっそり中《なか》に入《はい》った。もともとは味方《みかた》の城《しろ》だったので、井戸《いど》の場所《ばしょ》や近道《ちかみち》は、砦《とりで》の年配《ねんぱい》の兵《へい》たちが知《し》っている。彼《かれ》らに教《おし》えてもらって、暗《くら》くても歩《ある》けるよう頭《あたま》にたたきこんだ。

気《き》づいた見張《みは》りの敵兵《てきへい》は、すべて斬《き》ってたおし、ものかげに運《はこ》んでかくす。

忍《しの》びたちが井戸《いど》のまわりの土《つち》をほり、石《いし》でできた井戸《いど》わくを、かついできた道具《どうぐ》を使《つか》ってこわしてゆく。その仕事《しごと》はまかせ、万千代《まんちよ》は見張《みは》りに立《た》った。へいの出入《でい》り口《ぐち》のとびらのかげにかくれ、かがり火《び》に照《て》らされた外《そと》の細《ほそ》い道《みち》をうかがう。

真《ま》っ暗《くら》やみのむこうから、たいまつの明《あ》かりがふたつ、近《ちか》づいてきた。とびらの前《まえ》にいるはずの寝《ね》ずの番《ばん》を、交代《こうたい》するのだ。もちろん、寝《ね》ずの番《ばん》をしていた兵《へい》はとっくに斬《き》られている。かがり火《び》だけがぽつんと置《お》かれ、あかあかと燃《も》えていた。

「おい、交代《こうたい》のころあいだ。おい」

「……どこかでいねむりしてるのか？」

きょろきょろしてから、ふたりの兵《へい》はとびらを開《あ》けて、中《なか》へ明《あ》かりをさしこむ。

「いないぞ？」

数歩《すうほ》、中《なか》に入《はい》ってきたところを、万千代《まんちよ》は背後《はいご》から斬《き》りつけた。

たいまつの明《あ》かりが地面《じめん》に落《お》ちる。たまたま、はずみで消《き》えてしまった。

（しまった。明《あ》かりがいきなり消《き》えると、あやしまれる）

拾《ひろ》いあげようとしたが、傷《きず》の浅《あさ》かったひとりがさけびながら逃《に》げだし、それを追《お》ってたおすのが先《さき》だった。

やはり、おかしな明《あ》かりの動《うご》きが、高《たか》い物見《ものみ》やぐらから見《み》ていてあやしまれたのだろう。

すぐに、おおぜいがかけつけてくる足音《あしおと》やさわぎ声《ごえ》が聞《き》こえてきた。

（まずい）

ここはひとりで戦《たたか》って、忍《しの》びたちを守《まも》らなくてはならない。万千代《まんちよ》がかまえなおしたとき、後《うし》ろから袖《そで》を引《ひ》かれた。ぎくっとして飛《と》びすさると、忍《しの》びの頭《かしら》だった。

「できた。もどろう」

万千代《まんちよ》はほっとし、忍《しの》びたちとともに、すばやくその場《ば》を去《さ》った。


思《おも》ったとおり、水《みず》にこまった高天神城《たかてんじんじょう》の武田《たけだ》の兵《へい》たちは、甲斐《かい》にいる武田勝頼《たけだかつより》へ助《たす》けを求《もと》めるのろし（合図《あいず》のけむり）をあげた。万千代《まんちよ》は砦《とりで》からのろしをながめ、作戦《さくせん》の成功《せいこう》を知《し》った。

「助《たす》けてくれ。とりかこんだわれら徳川軍《とくがわぐん》を追《お》いはらって、井戸《いど》をなおす職人《しょくにん》や道具《どうぐ》を連《つ》れてきてくれ、というのだな。だが、だれが来《こ》ようと、ここを通《とお》しはしない」

戦《いくさ》のしたくをして待《ま》っていたが、甲斐《かい》の勝頼《かつより》からの助《たす》けは来《こ》なかった。徳川軍《とくがわぐん》の包囲網《ほういもう》をやぶるほどの強《つよ》い武将《ぶしょう》たちはもう、いなかったようだ。弱《よわ》い将《しょう》だけで戦《たたか》い、これ以上《いじょう》、甲斐《かい》にいる兵《へい》を失《うしな》いたくはなかったのだろう。高天神城《たかてんじんじょう》は見捨《みす》てられたのだ。

見捨《みす》てられたとさとった武田《たけだ》の兵《へい》たちは、最後《さいご》の死《し》に場所《ばしょ》を求《もと》めて城《しろ》から討《う》ってでた。

そして、みんなむなしく討《う》ち死《じ》にした。

# 三　民《たみ》を守《まも》る心《こころ》

## 武田《たけだ》がほろび、そして

高天神城《たかてんじんじょう》が徳川《とくがわ》の手《て》にもどった一年後《いちねんご》、天正十年《てんしょうじゅうねん》（一五八二）の春《はる》。

仕事《しごと》をやりとげたのに、万千代《まんちよ》はまだ、大人《おとな》としてみとめてもらえないままだった。

（なぜ、殿《との》はわたしを一人前《いちにんまえ》に思《おも》ってくださらない……）

不満《ふまん》がくすぶりはじめた万千代《まんちよ》だが、顔《かお》には出《だ》さずにはたらいた。そのように幼稚《ようち》な真似《まね》をしたら、井伊家《いいけ》の名《な》をけがす。

しかし、まわりの家臣《かしん》たちは、かげで万千代《まんちよ》を見下《みくだ》すようになってきていた。居心地《いごこち》が悪《わる》くなり、万千代《まんちよ》は気分《きぶん》をはらすため、毎日無心《まいにちむしん》で剣《けん》と槍《やり》のけいこにはげんだ。

そのころ、家康《いえやす》が家臣《かしん》の武将《ぶしょう》たちを集《あつ》めた。

「織田信長《おだのぶなが》さまが、いよいよ武田《たけだ》をほろぼそうと、大群《たいぐん》をひきいて信濃《しなの》へむけて出発《しゅっぱつ》なされたと、しらせがとどいた。われらも、織田《おだ》さまを手伝《てつだ》って戦《たたか》う。甲斐《かい》へむかうぞ」

「いよいよか」

「織田《おだ》さまも、信玄《しんげん》が亡《な》くなってから、よくここまで勝頼《かつより》を見《み》のがしておいたものだ」

「われらや北条軍《ほうじょうぐん》との戦《たたか》いで、弱《よわ》りはてるのを、待《ま》っておったのだろう」

「よき将《しょう》や兵《へい》が足《た》らずにこまりはてて、武田《たけだ》の最大《さいだい》の敵《てき》であったはずの上杉《うえすぎ》に、助《たす》けを求《もと》めたくらいだからな」

家臣《かしん》たちはいきおいづいた。万千代《まんちよ》も、今度《こんど》こそ、かならず今度《こんど》こそ、と強《つよ》く思《おも》った。

浜松城《はままつじょう》を出《で》た徳川軍《とくがわぐん》は、まず、より甲斐《かい》に近《ちか》い、今川氏館《いまがわしやかた》だった城《しろ》を戦《たたか》ってうばい返《かえ》し、中《なか》に入《はい》った。いよいよ甲斐《かい》にむかうというとき。

「では、そなたたちに、甲斐《かい》への道案内役《みちあんないやく》を紹介《しょうかい》しよう」

家康《いえやす》が広間《ひろま》に集《つど》う武将《ぶしょう》たちの前《まえ》に、ひとりの男《おとこ》をよび入《い》れた。お坊《ぼう》さんのようなかぶりものをして、数珠《じゅず》をもっているが、よろいを身《み》につけたたくましい武将《ぶしょう》で、四十歳《よんじっさい》くらいだろうか。

「穴山梅雪斎不白《あなやまばいせつさいふはく》どのだ。元《もと》の名《な》の穴山信君《あなやまのぶただ》どのなら、知《し》っている者《もの》も多《おお》いだろう」

ええっ、といっせいに声《こえ》があがった。

「どういうことだ！」

「武田《たけだ》の重臣《じゅうしん》ではないか。信玄《しんげん》の姉《あね》を母《はは》とし、娘《むすめ》を妻《つま》としている男《おとこ》だぞ」

「なぜここに？」

いったいなぜ、ととまどう気持《きも》ちは、広間《ひろま》のかたすみにひかえていた万千代《まんちよ》もまったくおなじだった。

（つまり、武田勝頼《たけだかつより》のいとこで、武田《たけだ》の家臣《かしん》でも一《いち》、二《に》を争《あらそ》う、重要《じゅうよう》な人《ひと》ではないか。なのに武田《たけだ》を裏切《うらぎ》った。どうどうと、これから武田《たけだ》を攻《せ》めようというこの場《ば》に現《あらわ》れた。殿《との》は裏切《うらぎ》り者《もの》を、平気《へいき》で仲間《なかま》にするかただったのか？　一度裏切《いちどうらぎ》った者《もの》は、きっとまた次《つぎ》のときも裏切《うらぎ》る）

裏切《うらぎ》りとだまし討《う》ちで、家族《かぞく》を失《うしな》った万千代《まんちよ》だ。一度《いちど》信《しん》じて仕《つか》えた殿《との》は、裏切《うらぎ》ってはならないと、ずっと思《おも》ってきた。

ざわめく武将《ぶしょう》たちを、家康《いえやす》はしずかにさせた。

「みな、高天神城《たかてんじんじょう》が見捨《みす》てられたことを、どのように思《おも》った？　敵地《てきち》のまっただなかで、何年《なんねん》も城《しろ》を守《まも》ってくれた兵《へい》たちを、あっさり見捨《みす》てたのだぞ」

武将《ぶしょう》たちが顔《かお》を見《み》あわせ、首《くび》をふったり、ため息《いき》をついたりする。

「穴山《あなやま》どのがもうすに、勝頼《かつより》どのには信玄公《しんげんこう》ほどの才《さい》（才能《さいのう》）がなく、しかもそれがわかっていた信玄公《しんげんこう》の遺言《ゆいごん》は『三年間《さんねんかん》は、わしの死《し》をかくせ』だったそうだ。敵《てき》はみな元《もと》より、武田《たけだ》といっても信玄公《しんげんこう》の名《な》をおそれていて、勝頼《かつより》どのの名《な》はおそれなかった。

武田《たけだ》の武将《ぶしょう》の多《おお》くが、勝頼《かつより》どのを守《まも》るために、設楽原《したらがはら》の鉄砲《てっぽう》の弾《たま》にたおれた。そのことをうらんだり、あの鉄砲《てっぽう》からは生《い》きのびられても、いずれ自分《じぶん》もああなってむなしく死《し》んでしまう、と思《おも》った武田《たけだ》の将《しょう》や兵《へい》は多《おお》い」

家康《いえやす》はうなずくみなをながめてから、続《つづ》けた。

「高天神城《たかてんじんじょう》のあの仕打《しう》ちが決定的《けっていてき》だった。もう武田勝頼《たけだかつより》には、味方《みかた》がいない。身近《みぢか》な者《もの》たちもつぎつぎに、逃《に》げだす機会《きかい》をうかがっているらしいぞ。穴山《あなやま》どのだけではない。何人《なんにん》もの武田《たけだ》の重臣《じゅうしん》が、織田《おだ》さまに『家来《けらい》にしてください』ともうしでているそうだ」

（人《ひと》の上《うえ》に立《た》ち、人《ひと》の心《こころ》をひきつけるとは、むずかしいことなのだ）

と、あらためて万千代《まんちよ》は感《かん》じた。

家康《いえやす》にうながされ、穴山《あなやま》が口《くち》を開《ひら》いた。

「わたしを信《しん》じてくださらなくて、けっこう。わたしが何《なに》を考えているか、うかがってくださってもかまわん。しかし、甲斐《かい》に行《い》けば、わたしの腹《はら》の中《なか》はともかく、口《くち》から出《だ》した言葉《ことば》がうそではないと、おわかりいただけるであろう。それを見《み》たいと思《おも》われるかたがたを、甲斐《かい》までご案内《あんない》しよう」

重苦《おもくる》しい声《こえ》だった。

三月十一日《さんがつじゅういちにち》、徳川軍《とくがわぐん》は甲斐《かい》の甲府《こうふ》（現在《げんざい》の山梨県甲府市《やまなしけんこうふし》）に着《つ》いた。かつて武田信玄《たけだしんげん》の住《す》む館《やかた》があったところだ。勝頼《かつより》は半年《はんとし》ほど前《まえ》に、もうすこし信濃《しなの》に近《ちか》いところに新《あたら》しい城《しろ》をつくり、そちらへ移《うつ》って新府城《しんぷじょう》（現在《げんざい》の山梨県韮崎市《やまなしけんにらさきし》にあった）とよんでいた。

けれど、家臣《かしん》たちに見放《みはな》されて味方《みかた》する兵《へい》がどんどん逃《に》げだしてしまい、城《しろ》にこもって戦《たたか》うことすらできなくなった。

三月三日《さんがつみっか》にその城《しろ》を焼《や》いて、妻子《さいし》と最後《さいご》に残《のこ》った家来《けらい》たち二百人《にひゃくにん》あまりを連《つ》れ、信濃《しなの》とは反対《はんたい》の方《ほう》へ逃《に》げていったらしい。信濃《しなの》には、織田信長《おだのぶなが》の軍《ぐん》が、武田《たけだ》の城《しろ》を落《お》としながら進《すす》んできていたからだ。

「……穴山《あなやま》どののおっしゃったことは、まことであった」

勝頼《かつより》が戦《たたか》うのをあきらめて、行方《ゆくえ》をくらましたと知《し》って、徳川軍《とくがわぐん》のだれもが納得《なっとく》した。

甲府《こうふ》の町外《まちはず》れを歩《ある》きながら、万千代《まんちよ》は視線《しせん》をつねに背中《せなか》に感《かん》じていた。どこから、たくさんの目《め》に見《み》られている。

(見捨《みす》てられた人《ひと》たちが、おびえて建《た》てものの中《なか》にかくれ、見《み》ているのだ、わたしたちを。逃《に》げられる丈夫《じょうぶ》な人《ひと》は、山《やま》の中《なか》へ逃《に》げこんでしまっただろう。ここにいるのは、逃《に》げたくても逃《に》げられない病人《びょうにん》や年《とし》より、親《おや》のない子《こ》だ)

弱《よわ》い人々《ひとびと》までも見捨《みす》てるなんて……。

(人々《ひとびと》を守《まも》るというのは、敵《てき》に背《せ》をむけ、自分勝手《じぶんかって》に逃《に》げださないことなのだ)

万千代《まんちよ》は心《こころ》にちかった。

(わたしは逃《に》げださず、敵《てき》にかならずたちむかおう。それが、殿《との》にみとめられることにもつながる)

甲府《こうふ》にはすでに織田信長《おだのぶなが》の息子《むすこ》・信忠《のぶただ》の軍《ぐん》が来《き》ていて、武田《たけだ》にしたがったままの家臣《かしん》の生《い》き残《のこ》りをさがしては、殺《ころ》しはじめていた。

「どこへ行《い》った、かんじんの勝頼《かつより》は」

信忠《のぶただ》の家来《けらい》たちとともに、徳川《とくがわ》の家来《けらい》や忍《しの》びも使《つか》って調《しら》べさせていると……とんでもないしらせが入《はい》った。

徳川軍《とくがわぐん》が甲府《こうふ》に着《つ》いたのとまさにおなじころ、勝頼《かつより》は、かくまってくれるはずだった重臣《じゅうしん》の裏切《うらぎ》りによって行《ゆ》き場《ば》を失《うしな》い、妻子《さいし》ともども自害《じがい》した、というのだ。

「武田《たけだ》はほろびたか……」

家康《いえやす》はつぶやくと、家臣《かしん》たちに指示《しじ》をした。

「よいか。織田《おだ》さまの真似《まね》をして、やたらと武田《たけだ》の生《い》き残《のこ》りの将《しょう》を殺《ころ》してはならない」

(なぜ？　武田《たけだ》にひどいめにあわされた者《もの》は、この軍《ぐん》にたくさんいる)

万千代《まんちよ》の思《おも》いを見透《みす》かしたように、家康《いえやす》はこう言《い》った。

「武田軍《たけだぐん》のあのおそろしいまでの強《つよ》さ、味方《みかた》になったら、どれほどたのもしいだろうな」

にやりと笑《わら》う。

「よいか、あの者《もの》たちは、勝頼《かつより》どのにはもうついていけないと思《おも》ったのだ。だれか、ついていける主《あるじ》が現《あらわ》れたら、将《しょう》たるもの、戦《たたか》う場《ば》がまた与《あた》えられ、出世《しゅっせ》ができると喜《よろこ》ぶだろう。こちらに逃《に》げてきた者《もの》は殺《ころ》さず、これまでのことを許《ゆる》してやると言《い》え。領地《りょうち》も全部《ぜんぶ》うばわず、最低限《さいていげん》は残《のこ》してやるのだ。そうすれば、わが軍《ぐん》をたよってくる者《もの》も増《ふ》え、戦《たたか》うことなく、『武田軍《たけだぐん》の強《つよ》さ』が手《て》に入《はい》る。

まあ、織田《おだ》さまを怒《おこ》らせてはまずいので、こっそり、じわじわとやろう」

(はたして、それで武田《たけだ》の武将《ぶしょう》と兵《へい》が手《て》に入《はい》ったとして、裏切《うらぎ》られたりしないのか?)

ふしぎに思《おも》った万千代《まんちよ》だったが、まもなく、家康《いえやす》の言葉《ことば》が正《ただ》しかったことを知《し》る。

こうして、武田《たけだ》の領地《りょうち》だった甲斐《かい》と信濃《しなの》は織田《おだ》の領地《りょうち》に変《か》わり、手伝《てつだ》った家康《いえやす》は、武田《たけだ》にうばわれかけていたあたりや駿河《するが》をもらった。

「甲斐《かい》はまだいただけないか。まあ、手伝《てつだ》うつもりが、たいして手伝《てつだ》えなかったからのう、勝頼《かつより》どのの自滅《じめつ》があっけなさすぎて。ゆっくり待《ま》とうではないか、次《つぎ》の機会《きかい》を」

家康《いえやす》はよゆうのある顔《かお》をしていた。織田軍《おだぐん》から逃《に》げてきた武田《たけだ》の武将《ぶしょう》たちを、だいぶ味《み》方《かた》にひき入《い》れていたからだ。万千代《まんちよ》は感心《かんしん》していた。

（殿《との》はまことに、じっと待《ま》っては、望《のぞ》むものを手《て》にするおかたなのだな）

それからしばらくして。

武田《たけだ》をほろぼしてごきげんの信長《のぶなが》が、手伝《てつだ》いの礼《れい》だ、と家康《いえやす》を安土城《あづちじょう》（現在《げんざい》の滋賀県近《しがけんおうみ》江八幡市《はちまんし》にあった）へ招待《しょうたい》した。

「ほほう、ご家来《けらい》がたを連《つ》れて、近江《おうみ》（現在《げんざい》の滋賀県《しがけん》）のすぐ先《さき》にある京《きょう》（現在《げんざい》の京都府京《きょうとふきょう》都市《とし》）の都《みやこ》や、大坂《おおさか》（現在《げんざい》の大阪府大阪市《おおさかふおおさかし》）の近《ちか》くの堺《さかい》（現在《げんざい》の大阪府堺市《おおさかふさかいし》）という商《あきな》いで栄《さか》えている町《まち》を、すみずみまで見物《けんぶつ》するとよい、楽《たの》しいぞ、と招待状《しょうたいじょう》には書《か》かれてある。どうだ、康政《やすまさ》、忠勝《ただかつ》、行《い》ってみないか？　万千代《まんちよ》もどうだ？」

家康《いえやす》もごきげんで、榊原《さかきばら》や本多《ほんだ》など主《おも》な家臣《かしん》たちをえらんで、五月八日《ごがつようか》に浜松城《はままつじょう》を出発《しゅっぱつ》した。穴山《あなやま》もいっしょだった。穴山《あなやま》は、自分《じぶん》が甲斐《かい》を治《おさ》めたいと、信長《のぶなが》に直接《ちょくせつ》たのむつもりらしい。
万千代《まんちよ》も、生《う》まれてはじめて、京《きょう》の都《みやこ》を見物《けんぶつ》することになった。一行《いっこう》は馬《うま》に乗《の》った主《おも》な家臣《かしん》と、その荷物持《にもつも》ちで歩《ある》いてついてゆく者《もの》など、全部《ぜんぶ》で四十人《よんじゅうにん》ほどだった。

七日間《なのかかん》かけて十五日《じゅうごにち》に安土城《あづちじょう》に着《つ》き、一行《いっこう》は信長《のぶなが》から盛大《せいだい》なごちそうでもてなされた。一行《いっこう》のために、信長《のぶなが》が招《まね》いたおどりの名手《めいしゅ》が舞《まい》をまった。

しかし、信長《のぶなが》は次《つぎ》の戦《いくさ》の準備《じゅんび》でいそがしかったため、また六月二日《ろくがつふつか》に京《きょう》で会《あ》おう、ということになった。京《きょう》の寺《てら》で、茶会《ちゃかい》（茶道《ちゃどう》の会《かい》）をひらいてくれるらしい。

信長《のぶなが》が手配《てはい》した案内人《あんないにん》に連《つ》れられて、家康《いえやす》たち一行《いっこう》と穴山《あなやま》は、あちこちを見物《けんぶつ》した。万《まん》千代《ちよ》には、見《み》るものすべてがめずらしかった。

おおぜいの人《ひと》がいて、店《みせ》がたくさんあって、美《うつく》しい品物《しなもの》ばかりが売《う》られている。どれがいいか目移《めうつ》りしながら万千代《まんちよ》は、母《はは》や直虎《なおとら》へのおみやげをいくつか買《か》った。

六月一日《ろくがつついたち》には、堺《さかい》の町《まち》でも茶会《ちゃかい》を体験《たいけん》した。

「明日《あした》はまた、織田《おだ》さまにお会《あ》いできるな。万千代《まんちよ》も、茶会《ちゃかい》がどういうものかわかっただろう」

家康《いえやす》が笑《わら》う。榊原《さかきばら》や本多《ほんだ》、酒井忠次《さかいただつぐ》という長年《ながねん》家康《いえやす》に仕《つか》える家臣《かしん》もうなずいている。酒井《さかい》は家康《いえやす》が少年《しょうねん》だったときからそばにいて、このとき五十代後半《ごじゅうだいこうはん》の白髪《しらが》交《ま》じりだった。

「はい、織田《おだ》さまの前《まえ》で恥《はじ》をかかずにすみます」

一行《いっこう》はその晩《ばん》、堺《さかい》に泊《と》まった。

六月二日《ろくがつふつか》の明《あ》けがた近《ちか》くだった。

京《きょう》の本能寺《ほんのうじ》に泊《と》まっていた信長《のぶなが》が、裏切《うらぎ》った家臣《かしん》の明智光秀《あけちみつひで》におそわれて死《し》んだ。息子《むすこ》の信忠《のぶただ》も死《し》んだのだ。

## 必死《ひっし》の脱出《だっしゅつ》

六月二日《ろくがつふつか》の朝《あさ》、何《なに》も知《し》らない家康一行《いえやすいっこう》と穴山《あなやま》は、堺《さかい》から京都《きょうと》にむかって出発《しゅっぱつ》した。

信長《のぶなが》の家臣《かしん》にあいさつして、待《ま》ちあわせ場所《ばしょ》を確《たし》かめるため、先《さき》に行《い》った本多忠勝《ほんだただかつ》が、青《あお》ざめた顔《かお》で馬《うま》を走《はし》らせ、もどってきた。馬《うま》の後《うし》ろに、京《きょう》で家《いえ》に泊《と》めてくれたり、案内《あんない》をしてくれたりした、茶屋四郎次郎《ちゃやしろうじろう》という大商人《だいしょうにん》を乗《の》せている。

「どうしたのだ。忠勝《ただかつ》にしてはめずらしい、あれほどあわてて。道行《みちゆ》く人《ひと》を、馬《うま》がけとばしてしまいそうだ」

忠勝《ただかつ》が来《く》るのを見《み》つけた家康《いえやす》が、ふしぎそうに言《い》いながら、馬《うま》を止《と》めた。

「殿《との》！　一大事《いちだいじ》にございます！」

忠勝《ただかつ》が馬《うま》から飛《と》びおりてさけんだ。

「織田信長《おだのぶなが》さま、本日夜明《ほんじつよあ》け前《まえ》に、京《きょう》の本能寺《ほんのうじ》にて、お討《う》ち死《じ》になされたとのこと！」

「はあっ⁉」

「えええっ⁇」

「まさかっ‼」

一行《いっこう》があっけにとられ、家康《いえやす》もぽかんと口《くち》を開《あ》けたままだ。

万千代《まんちよ》は声《こえ》も出《で》なかった。

（あの、おそろしげで、だれよりも自信《じしん》をもっておられるごようすだった織田《おだ》さまが？）

一人前《いちにんまえ》の武将《ぶしょう》でもない万千代《まんちよ》は、面会《めんかい》のときも後《うし》ろの方《ほう》でひかえていたし、ちらっと見《み》ただけだが、全身《ぜんしん》からあふれる気迫《きはく》に、これほどおそろしい人《ひと》はいないと思《おも》った。病《やまい》におかされる前《まえ》の武田信玄《たけだしんげん》も、このような人《ひと》だったのだろうか。

ようやく家康《いえやす》がわれに返《かえ》った。

「……た、忠勝《ただかつ》、まことなのか？」

「はい、殿《との》。京《きょう》へむかうとちゅうの道《みち》で、このことをしらせようと急《いそ》ぎやってきた茶屋《ちゃや》どのと、ばったり会《あ》いまして」

茶屋《ちゃや》が事情《じじょう》を話《はな》す。

「くわしいいきさつはよくわからないのですが、明智光秀《あけちみつひで》さまがご謀反《むほん》（裏切《うらぎ》り）なされたのは確《たし》かでございます。本能寺《ほんのうじ》を兵《へい》でかこみ、攻《せ》めかかったのだとか。本能寺《ほんのうじ》は燃《も》えてしまいました。ご嫡男《ちゃくなん》もご自害《じがい》……のごようすです」

「明智《あけち》どのが……」

「信忠《のぶただ》さまも亡《な》くなられただと？」

一行《いっこう》が口々《くちぐち》につぶやく。茶屋《ちゃや》が説明《せつめい》を続《つづ》けた。

「明智《あけち》さまの家来《けらい》らしき者《もの》が言《い》ったと、これはうわさなのですけれど、じつは明智《あけち》さまは、織田《おだ》さまから意地悪《いじわる》くしかられ続《つづ》けて、とうとうがまんできなくなったらしいのです」

家康《いえやす》がうなった。

「ううむ、それはわしも見《み》て見《み》ぬふりをしたことがある……明智《あけち》どのは、織田《おだ》さまにむちゃなことを言《い》われて、どなられ、けとばされておった」

そこで、酒井忠次《さかいただつぐ》が口《くち》を開《ひら》いた。

「そうだとしましたら、殿《との》。明智《あけち》どのは、織田《おだ》さまを深《ふか》くおうらみになっていることでしょう。そのうえで織田《おだ》さまが、心《こころ》から殿《との》をもてなすつもりだったと知《し》っていたら」

「なんと、わしも危《あぶ》ないではないか！　わしも明智《あけち》どのにうらまれている。織田《おだ》さまからひいきされていたと思《おも》われているぞ」

家康《いえやす》はふるえだした。

「まずい、今《いま》すぐ、浜松《はままつ》へ帰《かえ》らねば。せめて領地《りょうち》の三河《みかわ》まではたどりつくのだ！　わが領地《りょうち》の外《そと》では、どこで命《いのち》をねらわれるか、わからん！」

すると、本多《ほんだ》が腕組《うでぐ》みする。

「わしは戦《たたか》ってもよいが……さすがにこの四十人《よんじゅうにん》ほどで明智《あけち》の軍《ぐん》と戦《たたか》って、傷《きず》ひとつ負《お》わずに勝《か》ちぬけるとは、とても思《おも》えない。明智《あけち》がひそかに味方《みかた》を集《あつ》めていたら、敵《てき》の数《かず》がどれほどなのか、想像《そうぞう》もつかない」

ため息《いき》をつく。

「さすがにこれは、逃《に》げるが勝《か》ちだ」

榊原《さかきばら》が、本多《ほんだ》をじろっと見《み》た。

「ほう、泣《な》く子《こ》もだまる本多忠勝《ほんだただかつ》でも、敵《てき》からあわてて逃《に》げることもあるのか」

「逃《に》げることはある。ただ逃《に》げるのではなく、殿《との》を守《まも》って逃《に》げることはいつでもする。だから、一行《いっこう》のいちばん後《うし》ろで、追《お》ってくる敵《てき》をにらみながら逃《に》げるのだ。背中《せなか》は見《み》せない」

榊原《さかきばら》と本多《ほんだ》のやりとりに、万千代《まんちよ》は逃《に》げることの、意味《いみ》を知《し》った。

(捨《す》て身《み》はおろか者《もの》だと、本多《ほんだ》どのは言《い》われた。そうか……自分《じぶん》が生《い》きのびていなければ、その後《ご》、人《ひと》を守《まも》ることもできない)

「来《き》た道《みち》をもどって、京《きょう》を通《とお》ることはできない」

と、家康《いえやす》がしぶい顔《かお》で言《い》った。

「明智《あけち》どのの兵《へい》が待《ま》ちかまえている。しかし、ほかの道《みち》は通《とお》ったことがなくて、よくわからない……」

道《みち》がさわがしくなりはじめていた。人々《ひとびと》が京《きょう》の方《ほう》からどんどん逃《に》げてくるのだ。

「明智《あけち》の兵《へい》が来《く》るぞ。大坂《おおさか》や堺《さかい》の町《まち》にも火《ひ》をつけるかも」

「逃《に》げろ、火事《かじ》に巻《ま》きこまれる」

「敵《てき》とまちがわれて、殺《ころ》されるのはごめんだ」

ただならないようすに、酒井《さかい》が家臣《かしん》たちを見回《みまわ》した。

「だれか、よい考《かんが》えはないか。早《はや》く逃《に》げなくては」

万千代《まんちよ》には、何《なに》をどうしたらよいのか、まるでわからない。はじめて来《き》た見知《みし》らぬ土地《とち》なのだし、道《みち》も知《し》らない。それはどの家臣《かしん》もおなじらしく、あせった顔《かお》になっている。

すると、一行《いっこう》のひとり、服部半蔵《はっとりはんぞう》という家臣《かしん》が言《い》った。

「……おそれながら、殿《との》。もっとも近《ちか》い道《みち》は、まっすぐ伊賀《いが》(現在《げんざい》の三重県北西部《みえけんほくせいぶ》)の山《やま》の中《なか》をぬけ、海《うみ》へ出《で》て、船《ふね》に乗《の》ることでございましょう」

「伊賀《いが》?」と、それまでだまって聞《き》いていた穴山《あなやま》が、服部《はっとり》をにらんだ。

「あそこは、織田《おだ》さまが、むりやりうばいとった土地《とち》だ。ひどい仕打《しう》ちを受《う》け、逆《さか》らって戦《たたか》った者《もの》がおおぜい、討《う》ち死《じ》にしたと聞《き》いた。織田《おだ》さまをうらんでいる者《もの》も多《おお》いだろう。明智《あけち》に味方《みかた》するに決《き》まっている」

「……じつはわたしは、伊賀《いが》の生《う》まれなのです。こちらの味方《みかた》になってくれるよう、知《し》っている村《むら》の人《ひと》たちに話《はなし》をすることができます。織田《おだ》さまにひどいめにあわされそうになったとき、殿《との》がこっそり三河《みかわ》にかくまった人《ひと》たちです。きっと助《たす》けてくれます」

そういえば、と家臣《かしん》たちがうなずき、万千代《まんちよ》はまた感心《かんしん》した。

(殿《との》なら、きっとそういうこともなさる)

「伊賀《いが》の生《う》まれだと？ ふん……信《しん》じられん。明智《あけち》の手《て》の者《もの》かもしれない」

家臣《かしん》たちは、穴山《あなやま》のこの態度《たいど》に、むっとして顔《かお》を見《み》あわせた。家康《いえやす》がとりなす。

「まあまあ、穴山《あなやま》どの。わしは半蔵《はんぞう》を信《しん》じておる。穴山《あなやま》どのは、わしを信《しん》じてくだされば、ほかは信《しん》じなくともすむだろう。半蔵《はんぞう》、たのむぞ」

「はい、山《やま》の中《なか》の道《みち》なき道《みち》を走《はし》ります。馬《うま》も通《とお》れない道《みち》のせまさなので、ご自分《じぶん》の足《あし》のみを使《つか》います。すこしばかり、お覚悟《かくご》を。わたしがかならずご案内《あんない》もうしあげます」

こうして家康一行《いえやすいっこう》は、全速力《ぜんそくりょく》で逃《に》げだした。けれど、伊賀《いが》の山《やま》にさしかかったところで、穴山《あなやま》は冷《つめ》たく言《い》った。

「……この急《きゅう》な山《やま》を走《はし》ってこえるだと？　わたしはごめんだ。別《べつ》の道《みち》を行《い》く」

穴山《あなやま》は自分《じぶん》の世話《せわ》をしたり用《よう》を足《た》したりする家来数人《けらいすうにん》だけを連《つ》れて、「では、ごめん」と別《べつ》の道《みち》を行《い》ってしまった。

「……穴山《あなやま》どの……ぶじに帰《かえ》れるとよいのだが」

家康《いえやす》があきれた顔《かお》で見送《みおく》る。

(やはり、一度《いちど》でもだれかを裏切《うらぎ》った人《ひと》は、他人《たにん》を信《しん》じることができなくなるのだな)

万千代《まんちよ》はそう思《おも》った。それは、みなおなじだったようだ。

そして残念《ざんねん》ながら思《おも》ったとおり、山道《やまみち》に入《はい》ったとたん、手《て》に手《て》に刀《かたな》や槍《やり》、鎌《かま》を持《も》った村人《むらびと》たちにおそわれた。

「やい、そこのさむらいども、織田《おだ》の者《もの》か？」

「ええい、織田《おだ》でもなんでも、さむらいはみんな、おれたちをいじめたんだ。かたきを討《う》ってやる」

「荷物《にもつ》をうばっちまえ！　さむらいは、おれたちが田《た》んぼでたいせつに育《そだ》てた米《こめ》を、全部《ぜんぶ》うばったんだからな」

こうしてなんども、命《いのち》をねらわれた。すぐに半蔵《はんぞう》が、味方《みかた》してくれる人《ひと》たちを二百人《にひゃくにん》ほど連《つ》れてきてくれたが、それでも本当《ほんとう》に命《いのち》からがら、戦《たたか》いながら逃《に》げるはめになった。

万千代《まんちよ》も、本多《ほんだ》や榊原《さかきばら》とともに戦《たたか》った。領主《りょうしゅ》が、人々《ひとびと》をたいせつにしなかった報《むく》いを受《う》けることもある、とつくづく感《かん》じた。

（織田《おだ》さまがひどい仕打《しう》ちをなさったことを、関係《かんけい》ないと思《おも》うわけにはいかない。この農《のう》民《みん》や村人《むらびと》たちは、織田《おだ》さまを手伝《てつだ》ったわたしたち徳川《とくがわ》の一行《いっこう》も、おなじようなひどい連中《れんちゅう》だと思《おも》っている。命《いのち》がけで復讐《ふくしゅう》しようとしている……）

村人《むらびと》たちを傷《きず》つけるのは、まちがっている気《き》がする。けれど、戦《たたか》わなくては、自分《じぶん》が殺《ころ》されてしまう。

「……どうだ、井伊《いい》どの。戦場《いくさば》で、自分《じぶん》の馬《うま》のまわりを味方《みかた》の兵《へい》にかこまれて戦《たたか》うのとは、わけがちがうぞ。今《いま》までが甘《あま》いものだったと知《し》れ」

「これがまことの戦《いくさ》だ。かこんでくれる兵《へい》のいる武将《ぶしょう》とはちがう、たったひとりの兵《へい》の戦《いくさ》なのだ」

本多《ほんだ》と榊原《さかきばら》の言葉《ことば》に、万千代《まんちよ》は歯《は》を食《く》いしばってうなずくしかなかった。

家康《いえやす》一行《いっこう》は必死《ひっし》にかけぬけた。

山中《さんちゅう》の道《みち》なき道《みち》を走《はし》る。

がけの上《うえ》や森《もり》の中《なか》からとつぜんおそってくる村人《むらびと》と戦《たたか》う。

水《みず》の流《なが》れる谷《たに》をぬれながらまた走《はし》る。そして戦《たたか》う。

どうにか伊賀《いが》の山《やま》をぬけ、伊勢湾《いせわん》の湊《みなと》に出《で》た一行《いっこう》は、船《ふね》に乗《の》ることができた。命《いのち》びろいしたのだった。

六月四日《ろくがつよっか》の夕方《ゆうがた》、岡崎城《おかざきじょう》にたどりついた家康《いえやす》は、さっそく家臣《かしん》たちに命《めい》じた。

「兵《へい》を集《あつ》めよ。織田《おだ》さまのかたき討《う》ちをする」

しかし、食料集《しょくりょうあつ》めなどの準備《じゅんび》に十日《とおか》ほどかかり、家臣《かしん》たちとともに出発《しゅっぱつ》すると、すぐ、

『羽柴秀吉《はしばひでよし》さまが、謀反人《むほんにん》・明智光秀《あけちみつひで》を討《う》ちとりました』というしらせがきた。なので、そのまま帰《かえ》るしかなかった。

そして、問題《もんだい》がひとつ。

「織田《おだ》さまが春《はる》にうばいとった、武田《たけだ》の領地《りょうち》だった信濃《しなの》と甲斐《かい》、だれのものだ?」

「今《いま》はだれのものでもないよな……」

「北条《ほうじょう》も上杉《うえすぎ》も、横《よこ》どりしようと、ただちに兵《へい》を出《だ》すぞ」

「どちらかが信濃《しなの》と甲斐《かい》をとったら、今度《こんど》はこちらの領地《りょうち》に攻《せ》めてくるのでは」

家臣《かしん》たちが心配《しんぱい》する。むしろ、いきおいづく者《もの》もいた。

「われらこそ、甲斐《かい》と信濃《しなの》を手《て》に入《い》れるべきだ!」

案《あん》の定《じょう》、織田軍《おだぐん》に殺《ころ》されかけた甲斐《かい》の武田《たけだ》の家来《けらい》たちが、いっせいに復讐《ふくしゅう》に立《た》ちあがり、甲斐《かい》を見張《みは》っていた織田《おだ》の家来《けらい》たちを逆《ぎゃく》に殺《ころ》してしまう事件《じけん》が、あちこちでおきた。甲斐《かい》と信濃《しなの》は、大戦乱《だいせんらん》の地《ち》となりつつあった。

家康《いえやす》は家臣《かしん》たちに宣言《せんげん》した。

「このままでは、混乱《こんらん》にのった北条《ほうじょう》や上杉《うえすぎ》が攻《せ》めてきて、甲斐《かい》の人《ひと》たちが巻《ま》きこまれる。

わしがかくまっている武田《たけだ》の家来《けらい》だった者《もの》たちと、その領民《りょうみん》もだ。それをふせぎ、甲斐《かい》と信濃《しなの》を、安心《あんしん》できる場所《ばしょ》にしよう」

家康《いえやす》はいく人《にん》かの家来《けらい》たちを先《さき》に甲斐《かい》へ行《い》かせ、まず、われわれ徳川《とくがわ》がお金《かね》を出《だ》して、お寺《てら》を建《た》てなおすと約束《やくそく》しよう、と伝《つた》えた。織田軍《おだぐん》の言《い》うことを聞《き》かず、かくまった武田《たけだ》の家来《けらい》を出《だ》さなかったお寺《てら》は、焼《や》かれてしまっていたからだ。

これで甲斐《かい》の人《ひと》たちのずいぶん多《おお》くが、徳川軍《とくがわぐん》を信用《しんよう》して味方《みかた》になってくれた。徳川軍《とくがわぐん》が守《まも》ってくれる、と信《しん》じられれば、落《お》ちついていられる。不安《ふあん》でやたらと逃《に》げまどって、どこかでだれかにつかまったり、うっかり殺《ころ》されてしまうことがなくなる。

(殿《との》のお考《かんが》えは、織田《おだ》さまとはかなりちがう。これこそが、人々《ひとびと》を守《まも》るということか)

いろいろな武将《ぶしょう》を見《み》て考《かんが》えてきて、ついに万千代《まんちよ》は手本《てほん》となる人物《じんぶつ》に、ゆるがない思《おも》いを持《も》った。

(わたしは殿《との》のようになろう。殿《との》がわたしをどう扱《あつか》おうと、かまわない。わたしが殿《との》を尊《そん》敬《けい》する、それだけでいい)

大人《おとな》としてみとめてくれないという不満《ふまん》も、溶《と》けて消《き》えた。

なお、伊賀《いが》で別《わか》れた穴山《あなやま》が、逃《に》げているとちゅうで殺《ころ》されたということがわかった。

「……ああ、やっぱり……」

家康《いえやす》ががっかりした。

「確《たし》かに、信《しん》じられないことばかりの世《よ》の中《なか》だ。だが、長生《ながい》きするためには、『ここは信《しん》じた方《ほう》がいいとき』を見極《みきわ》めるのが、たいせつなのだな。のう、万千代《まんちよ》」

「おっしゃるとおりでございます、殿《との》。わたしもそのお言葉《ことば》、心《こころ》に刻《きざ》みます」

## 北条軍《ほうじょうぐん》への使者《ししゃ》

甲斐《かい》と信濃《しなの》を守《まも》るため、徳川軍《とくがわぐん》が出陣《しゅつじん》することになった。万千代《まんちよ》も将《しょう》のひとりだ。

その前《まえ》に井伊谷《いいのや》にもどることを許《ゆる》された万千代《まんちよ》は、龍潭寺《りょうたんじ》に直虎《なおとら》をたずねた。ここまでのできごとを語《かた》るのと、伊賀《いが》の山中《さんちゅう》で守《まも》りぬいた京《きょう》のおみやげをわたそうと思《おも》ったのだ。

万千代《まんちよ》が通《とお》されたのは、寝室《しんしつ》だった。尼《あま》すがたで横《よこ》たわったまま、直虎《なおとら》は万千代《まんちよ》をむかえた。

「直虎《なおとら》さま！　いかがなされたのですか」

「……どうにも、ひどいめまいが続《つづ》いているのです」

世話係《せわがかり》に肩《かた》を支《ささ》えられて、直虎《なおとら》がやっとのことでおきあがる。

「危《あぶ》ないめにあったそうですね」

声《こえ》もか細《ぼそ》く、やつれたようすだ。万千代《まんちよ》は頭《あたま》をさげた。

「ご心配《しんぱい》をおかけしました」

長《なが》くおきていては、お体《からだ》がつらいだろうと、万千代《まんちよ》は急《いそ》いで、おみやげの箱《はこ》をさしだした。扇《おうぎ》だ。

「袈裟《けさ》をつくるための織物《おりもの》も、花活《はない》け（花《か》びん）や香炉《こうろ》も買《か》い求《もと》めたのですが、伊賀《いが》の山《やま》道《みち》を逃《に》げるのに荷物《にもつ》になりますし、味方《みかた》してくれた伊賀《いが》の人《ひと》たちに、お礼《れい》にわたしましたので。ふところにおさまるこれだけで、もうしわけございません」

「あなたがぶじなら、それでよいのです。きっと、仏《ほとけ》さまのお国《くに》から、仏《ほとけ》さまや直親《なおちか》さまたちが、守《まも》ってくれたのでしょう」

おみやげを手《て》にして、思《おも》わず目《め》をかがやかせた直虎《なおとら》に、万千代《まんちよ》はほっとした。

「まあ、なんと美《うつく》しい扇《おうぎ》、みごとな花《はな》の絵《え》だこと。まことにありがとう、万千代《まんちよ》どの。つつしみぶかく仏《ほとけ》に仕《つか》える身《み》となっても、やはりたいせつな家族《かぞく》からもらうものは、心《こころ》がおどりますね」

しかし、直虎《なおとら》はつらそうに目《め》をとじ、扇《おうぎ》を手《て》にしたまま、また横《よこ》たわってしまった。

弱々《よわよわ》しい声《こえ》でつぶやく。

「もう、わたくしも、仏《ほとけ》さまのお国《くに》へ行《い》くころあいが近《ちか》づいたようです」

「そんな、おばあさまが亡《な》くなってまだ四年《よねん》なのに。直虎《なおとら》さまはまだまだ長生《ながい》きできます。かならずお元気《げんき》になりますから、そのような気《き》の弱《よわ》いことをおっしゃらないでください」

いいえ、と直虎《なおとら》はおだやかにほほえんだ。

「わたくしは、ひたすら、直親《なおちか》さまや父上《ちちうえ》やひいおじいさまを心《こころ》に思《おも》って、生《い》きてまいりました。

井伊谷《いいのや》を守《まも》ってきたのは、確《たし》かに人々《ひとびと》を生《い》かすためです。しかし、わたくしがなんとかしなくては……万千代《まんちよ》どのが大人《おとな》になるまでは、わたくしひとりがなんとかして……それだけの思《おも》いでは、わたくしは折《お》れていたかもしれない。

三人《さんにん》のおかたのおすがたを思《おも》いうかべ、三人《さんにん》のおかたならどうなさっただろうかと、道《みち》しるべにしてここまで来《き》ました。

わたくしひとりではなく、四人《よにん》で井伊谷《いいのや》を守《まも》ってきたのです。そこにはもちろん、母上《ははうえ》のお助《たす》けもありました」

万千代《まんちよ》の手《て》をとる。とても細《ほそ》い指《ゆび》をした白《しろ》い手《て》だった。

「万千代《まんちよ》どの、あなたに、この家族《かぞく》たちの思《おも》いを、ひきつぎます。領主《りょうしゅ》として最後《さいご》に伝《つた》えるのは、それだけ。家族《かぞく》たちの思《おも》いをつねに問《と》い返《かえ》せば、道《みち》をあやまることはないと信《しん》じます」

「直虎《なおとら》さま、それではまるで……」

遺言《ゆいごん》ではありませんか、と言《い》いかけた万千代《まんちよ》に、直虎《なおとら》は明《あか》るく言《い》った。

「そのようなお顔《かお》をなさらないで。あなたの大人《おとな》のすがたを見《み》せていただかなくては、仏《ほとけ》さまのお国《くに》へ行《い》ったとき、あちらにおいでの家族《かぞく》みなに、どれほど立派《りっぱ》だったか、お話《はな》しすることができないではありませんか。

安心《あんしん》なさい、まだ、わたくしはだいじょうぶ。近《ちか》いといっても、明日《あした》やあさってのことではありませんよ。もうひと手柄《てがら》立《た》ててらっしゃるのを、楽《たの》しみに待《ま》つことにします」

「はい、かしこまりました」

「そうそう、ひとつ、あなたにお願《ねが》いが。次《つぎ》にお手柄《てがら》をあげたら、わたくしからのお祝《いわ》いのおくりものを、受《う》けとってくださいませ」

「喜《よろこ》んで」

直虎《なおとら》は世話係《せわがかり》の人《ひと》にたのみ、そばの机《つくえ》にのせた箱《はこ》から、一枚《いちまい》の紙《かみ》を出《だ》してもらった。それをさししめす。

「お手柄《てがら》によって大人《おとな》とみとめられたとき、新《あたら》しい名前《なまえ》に、井伊谷《いいのや》の人々《ひとびと》を守《まも》る気持《きも》ちを入《い》れていただきたいの。領主《りょうしゅ》は自分勝手《じぶんかって》な気持《きも》ちを捨《す》てて、人《ひと》のためによい政《まつりごと》をする、という決意《けつい》の文字《もじ》をさしあげたいのです」

紙《かみ》には一文字《ひともじ》『政《まつりごと》』と書《か》かれていた。

「これはかつて、直親《なおちか》さまが書《か》かれたもの。わたくしが受《う》けついだものです」

万千代《まんちよ》は深《ふか》く頭《あたま》をさげた。

「はっ。大《おお》きな手柄《てがら》をあげ、今度《こんど》こそ殿《との》にみとめていただき、直虎《なおとら》さまと父上《ちちうえ》から、その文字《もじ》を受《う》けつぎます」

徳川軍《とくがわぐん》が甲斐《かい》に入《はい》って戦《たたか》う相手《あいて》は、北条軍《ほうじょうぐん》となった。穴山《あなやま》の家来《けらい》たちが、徳川《とくがわ》の連中《れんちゅう》といっしょにいたからあんなことになった、と逆《さか》うらみで北条《ほうじょう》の味方《みかた》になっていた。すると、それを真似《まね》して北条《ほうじょう》につく、武田《たけだ》の生《い》き残《のこ》りの家臣《かしん》が出《で》はじめ、北条《ほうじょう》は甲斐《かい》の一部《いちぶ》を手《て》に入《い》れはじめていたのだ。

七月《しちがつ》はじめ、浜松城《はままつじょう》を、家康《いえやす》のひきいる本隊《ほんたい》が出発《しゅっぱつ》する。岡崎城《おかざきじょう》から、先月《せんげつ》のうちに帰《かえ》っていたのだ。万千代《まんちよ》もその中《なか》の武将《ぶしょう》のひとりだった。

二十二歳《にじゅうにさい》でもまだ少年《しょうねん》のすがたのまま、長《なが》い髪《かみ》をしている武将《ぶしょう》は目立《めだ》った。ほかにいないからだ。それでももう、万千代《まんちよ》は何《なに》も気《き》にしていなかった。

（殿《との》の思《おも》いを守《まも》って戦《たたか》おう。全力《ぜんりょく》で戦《たたか》えばいい。信《しん》じる道《みち》を進《すす》めば、結果《けっか》はあとからついてくることもあろう）

ところが、徳川軍《とくがわぐん》は苦戦《くせん》することになる。

北条軍《ほうじょうぐん》は自分《じぶん》の領地《りょうち》だった東《ひがし》の上野《こうずけ》(現在《げんざい》の群馬県《ぐんまけん》)からも信濃《しなの》へ入《はい》り、東南《とうなん》から入《はい》った甲斐《かい》を通《とお》って信濃《しなの》へ進《すす》む軍《ぐん》とあわせ、甲斐《かい》に着《つ》いた徳川軍《とくがわぐん》をはさみうちにしたのだ。

どの軍《ぐん》も、食料《しょくりょう》を自分《じぶん》の領地《りょうち》から荷物運《にもつはこ》びの兵《へい》に、長《なが》い道《みち》のりを運《はこ》ばせている。とくに、甲斐《かい》の人《ひと》を守《まも》ろうとしたら、「甲斐《かい》の人《ひと》の持《も》っている食料《しょくりょう》」をうばうわけにはいかない。すでに織田軍《おだぐん》や北条軍《ほうじょうぐん》がうばっていたら、なおさらだ。

敵《てき》にはさまれてしまったら、食料《しょくりょう》がとどかなくなり、空腹《くうふく》で戦《たたか》うことができなくなってしまう。自分《じぶん》の領地《りょうち》へ逃《に》げ帰《かえ》るにしても、死《し》ぬ気《き》になって敵《てき》と全力《ぜんりょく》で戦《たたか》うほか、道《みち》がなくなる。実際《じっさい》、死《し》んでしまう可能性《かのうせい》が高《たか》い。

北《きた》からは上杉《うえすぎ》が来《く》るし、真南《まみなみ》は高《たか》い高《たか》い赤石山脈《あかいしさんみゃく》だ。残《のこ》った方角《ほうがく》の道《みち》、つまり西南《せいなん》へ逃《に》げて自分《じぶん》の領地《りょうち》をめざすしかなくなって、空腹《くうふく》の徳川軍《とくがわぐん》は、遠江《とおとうみ》との境《さかい》に近《ちか》い信濃《しなの》のいちばん南《みなみ》の端《はし》まで追《お》いつめられた。八月《はちがつ》になっていた。

「殿《との》、甲斐《かい》と信濃《しなの》の多《おお》くは北条《ほうじょう》にうばわれてしまい、信濃《しなの》の北《きた》の方《ほう》は上杉《うえすぎ》のものですぞ」

「このまま、信濃《しなの》を捨《す》てて、ひきあげるのですか」

陣中《じんちゅう》で榊原《さかきばら》と本多《ほんだ》に責《せ》められ、家康《いえやす》は頭《あたま》をかかえた。

「武田《たけだ》にかつて攻《せ》められて負《ま》け、しかたなくしたがっていた信濃《しなの》の武将《ぶしょう》たちに、仲間《なかま》になってくれと、酒井忠次《さかいただつぐ》にたのみに行《い》かせたのだが……断《ことわ》られた。北条《ほうじょう》のように代々《だいだい》続《つづ》いていて、兵《へい》の数《かず》も多《おお》く、さまざまな戦《いくさ》に勝利《しょうり》してきた歴史《れきし》のある軍《ぐん》のほうが、味方《みかた》するなら安心《あんしん》だと、言《い》われてしまった……」

「もうしわけございません、殿《との》」

酒井《さかい》があやまる。

「いやいや、徳川《とくがわ》が、わしが初代《しょだい》で歴史《れきし》の浅《あさ》い家《いえ》なのも、兵《へい》の数《かず》が少《すく》ないのも、まことのことだからのう。信濃《しなの》の武将《ぶしょう》たちを責《せ》められはしまい」

「だから、織田《おだ》さまのような何百年《なんびゃくねん》も続《つづ》く家《いえ》と仲間《なかま》になっていたのに……ああ、なぜとつぜん亡《な》くなられてしまった」

家康《いえやす》と酒井《さかい》がこまりはてる。榊原《さかきばら》と本多《ほんだ》が文句《もんく》を言《い》った。

「酒井《さかい》どの、ともにたのみに行《い》った者《もの》に『うまくいかなかったのは、おまえの言《い》いかたが悪《わる》いせいだ』と言《い》われて、帰《かえ》るとちゅうでおおげんかしたそうだな」

「そこへ北条軍《ほうじょうぐん》の本隊《ほんたい》が攻《せ》めてきて、あっさり逃《に》げ帰《かえ》ったとか。だから『徳川軍《とくがわぐん》はたよりにならん』と言《い》われるのだ」

「まあまあ、三人《さんにん》ともやめんか。仲間割《なかまわ》れを見《み》せては、若《わか》い者《もの》のためにならん。真似《まね》をするようになる」

そう言《い》って家康《いえやす》が、そばでひかえている万千代《まんちよ》をちらっと見《み》る。三人《さんにん》も万千代《まんちよ》を見《み》て、けんかをやめた。しかし、榊原《さかきばら》が責《せ》めるのは変《か》わらない。

「北条軍《ほうじょうぐん》が追《お》いかけて来《き》ていますぞ、どうするのですか、殿《との》」

万千代《まんちよ》は、むしろ興味《きょうみ》をもって、このやりとりを見《み》ていた。

(本当《ほんとう》にどうするのだろう。今《いま》までは領地《りょうち》の中《なか》に入《はい》ってきた武田《たけだ》の兵《へい》との戦《たたか》いで、食料《しょくりょう》にもこまらなかったし、城《しろ》のまわりは味方《みかた》だった。領地《りょうち》の外《そと》で戦《たたか》い、危《あぶ》ないはずなのに、どうしたことか、胸《むね》がおどる。どうにかして、この危機《きき》を乗《の》りこえてみせる、と。

とりあえず徳川《とくがわ》の領地《りょうち》との境《さかい》までは逃《に》げたから、どうにか食料《しょくりょう》はとどくようになったけれど……この先《さき》は？　わたしなら、どうする？)

北条軍《ほうじょうぐん》を、正面《しょうめん》から攻撃《こうげき》しても、兵《へい》の数《かず》で勝《か》ち目《め》はない。

ふと、高天神城《たかてんじんじょう》にたてこもっていた武田《たけだ》の兵《へい》のことを思《おも》いだした。

(あの少《すく》ない人数《にんずう》と、わずかな食料《しょくりょう》で、あんなに長《なが》いことねばっていた)

「……砦《とりで》や城《しろ》をうまく使《つか》えば、なかなか負《ま》けはしない、ということか」

万千代《まんちよ》のつぶやきに、みながふりかえる。家康《いえやす》が決《き》めた。

「……わかった。こうしよう。勝《か》たなくても、負《ま》けなければいいのだ。万千代《まんちよ》の言《い》うとおり。少《すく》なくともわしには、甲斐《かい》の人《ひと》の信用《しんよう》と期待《きたい》がある」

家康《いえやす》が考《かんが》えたのは、甲斐《かい》にたくさんある武田《たけだ》がもっていた砦《とりで》や城《しろ》に、こっそりわずかずつ家来《けらい》と兵《へい》を送《おく》り、そこにかくれている甲斐《かい》の人《ひと》たちとともに戦《たたか》うことだった。

この作戦《さくせん》は成功《せいこう》した。勝《か》ったと思《おも》って油断《ゆだん》していた北条軍《ほうじょうぐん》は、砦《とりで》のまわりの森《もり》にかくれていたわずかな徳川《とくがわ》の兵《へい》に、いきなり攻撃《こうげき》されてあせった。それがあちこちでおきた。

あっちだ、こっちだ、と武将《ぶしょう》や兵《へい》を分《わ》けて、対応《たいおう》にかけずりまわることになった。

北条《ほうじょう》があわてだしたと見《み》た甲斐《かい》の人《ひと》たちも、戦《たたか》いに加《くわ》わった。とうとう逆《ぎゃく》に、徳川《とくがわ》に味《み》方《かた》する者《もの》たちで、北条軍《ほうじょうぐん》を、信濃《しなの》との境《さかい》の甲斐《かい》の外《はず》れに追《お》いこんで、ぐるっととりかこんでしまった。とりかこんだといっても、じつはそれほど兵《へい》はいない。

「いつでも城《しろ》や砦《とりで》や森《もり》から出《で》てきて、攻撃《こうげき》するぞ」と思《おも》いこませたのだ。

そして少《すく》ない兵《へい》でもできることをした。甲斐《かい》の山《やま》をこえて、相模《さがみ》（現在《げんざい》の神奈川県中西《かながわけんちゅうせい》部《ぶ》）の領地《りょうち》から送《おく》っている北条軍《ほうじょうぐん》の食料運《しょくりょうはこ》び隊《たい》が、道《みち》を通《とお》れないようにじゃまをするのだ。

このようすを見《み》ていた信濃《しなの》の武将《ぶしょう》が徳川軍《とくがわぐん》を見《み》なおして、上野《こうずけ》から信濃《しなの》を通《とお》って送《おく》っていた北条軍《ほうじょうぐん》の食料運《しょくりょうはこ》び隊《たい》を攻撃《こうげき》し、道《みち》をふさいだ。

こうなると、今度《こんど》は北条軍《ほうじょうぐん》に食料《しょくりょう》がとどかなくなってしまった。とりかこまれたままで空腹《くうふく》の北条軍《ほうじょうぐん》は、とうとう降参《こうさん》してきた。

「さて、万千代《まんちよ》。敵将《てきしょう》・北条氏直《ほうじょううじなお》が、降参《こうさん》したいと手紙《てがみ》を送《おく》ってきたぞ。戦《いくさ》をやめるのには、こちらにも条件《じょうけん》がある。その条件《じょうけん》を伝《つた》えに行《い》ってもらいたい」

北条《ほうじょう》の本隊《ほんたい》とにらみあっている陣中《じんちゅう》で、家康《いえやす》が万千代《まんちよ》に命《めい》じた。

「わたしが、でございますか？」

万千代《まんちよ》もさすがにおどろいた。

条件《じょうけん》を伝《つた》えて、敵《てき》から「もう戦《いくさ》はしません、その条件《じょうけん》で降参《こうさん》します」という約束《やくそく》の文書《ぶんしょ》をもらってくる使者《ししゃ》は、家臣《かしん》たちのなかでも、とくに信頼《しんらい》されている、けっして裏切《うらぎ》らない者《もの》でなくてはならない。相手《あいて》から「降参《こうさん》なんてじつはうそだ。なんでも好《す》きなものをやるから、こっちの仲間《なかま》になれ」と言《い》われるかもしれないからだ。

さらに、敵《てき》も名前《なまえ》を知《し》っているような、戦《たたか》いで活躍《かつやく》した武将《ぶしょう》である必要《ひつよう》もあった。相手《あいて》が「だれだ、こいつ。こんな下《した》っぱを使者《ししゃ》によこして、ばかにしているのか、降参《こうさん》はやめた」と思《おも》ってはこまるからだ。

やはり、榊原《さかきばら》が顔《かお》を赤《あか》くして怒《おこ》りだした。

「井伊《いい》ですと⁉　こんな、まだ半人前《はんにんまえ》で大人《おとな》の名前《なまえ》ももらっていない、大人《おとな》のかっこうもしていない小僧《こぞう》が、相手《あいて》に信用《しんよう》されると思《おも》っているのですか？　殿《との》、いくら井伊《いい》がかわいいからといって、おろかにもほどがありますぞ！」

「まったく、榊原《さかきばら》どのの言《い》うとおりだ。殿《との》に反論《はんろん》する気《き》も失《う》せた」

「そうですとも、殿《との》。考《かん》えなおされませ」

本多《ほんだ》と酒井《さかい》もあきれはてて言《い》う。万千代《まんちよ》は腹《はら》が立《た》ったが、ぐっとこらえた。

(ここで言《い》い返《かえ》したら、ほらまだ子《こ》どもだと言《い》われても、しかたなくなる)

榊原《さかきばら》がなおも言《い》う。

「殿《との》！　これでは、ほかの一人前《いちにんまえ》にはたらいている者《もの》たちがみな、不満《ふまん》を持《も》ちますぞ」

家康《いえやす》はにやりとした。

「考《かんが》えがあるのだ。万千代《まんちよ》、やってくれるな」

万千代《まんちよ》は家康《いえやす》にまっすぐに見《み》つめられて、強《つよ》くうなずいていた。


よろいかぶとを身《み》につけ、使者《ししゃ》のしるしである布《ぬの》を背中《せなか》にせおって、万千代《まんちよ》は敵《てき》の本陣《ほんじん》、北条氏直《ほうじょううじなお》のいる若神子城《わかみこじょう》(現在《げんざい》の山梨県北杜市《やまなしけんほくとし》にあった)へ入《はい》った。敵《てき》の兵《へい》たちの視線《しせん》が、痛《いた》みを感《かん》じるほどするどく刺《さ》さってくる。殺気《さっき》だ。しかしここでおびえては、ばかにされてしまう。

(おそれることはない。みな、腹《はら》が減《へ》っているから、あのような目《め》をしているだけだ)

そう思《おも》うと、こわくなくなり、深《ふか》く息《いき》を吸《す》うよゆうもできた。

敵将《てきしょう》にかこまれた中《なか》で、一礼《いちれい》した万千代《まんちよ》がかぶとをぬぐと、まだ長《なが》いままの髪《かみ》が現《あらわ》れ、どよめきがおこった。

「井伊万千代《いいまんちよ》、徳川《とくがわ》の使者《ししゃ》としてまいりました。わが殿《との》よりの条件《じょうけん》をお伝《つた》えいたします」

かまわず、すわって一礼《いちれい》した万千代《まんちよ》が口上《こうじょう》を告《つ》げて、条件《じょうけん》を書《か》いた紙《かみ》をふところからとりだすと、正面《しょうめん》にいた氏直《うじなお》が顔《かお》をしかめた。まだ二十歳《はたち》すぎで、万千代《まんちよ》とそう歳《とし》は変《か》わらなさそうだ。

「その髪《かみ》、その名《な》、子《こ》どもではないか。徳川《とくがわ》め、ふざけおって」

「お言葉《ことば》ですが、そう思《おも》えば、お斬《き》り捨《す》てくださいませ。そうかんたんにはいかないと、先《さき》に忠告《ちゅうこく》してはおきますが。

徳川《とくがわ》さまのそばにひかえる者《もの》の中《なか》で、名《な》の知《し》れた猛将《もうしょう》は数々《かずかず》おいでなれど、わたしはそのかたがたよりも強《つよ》いため、えらばれました」

「ふん、それほど強《つよ》い者《もの》を、まだかくしていたと言《い》いたいのか。あの本多《ほんだ》や榊原《さかきばら》よりも強《つよ》いのか。ならば、本多《ほんだ》と榊原《さかきばら》も連《つ》れてきて、戦《たたか》ってみせろ」

「いえ、わたしが強《つよ》くなるのは、二十年《にじゅうねん》ほど先《さき》。徳川《とくがわ》がたでは、つねに遠《とお》い先《さき》を考《かんが》えて、将《しょう》を育《そだ》てております」

「二十年先《にじゅうねんさき》？　これはばかにされたものだな」

氏直《うじなお》はますます不愉快《ふゆかい》そうにした。

「では北条《ほうじょう》さま、あなたさまもわたしと変《か》わらずお若《わか》いごようすですが、今《いま》よりも二十年《にじゅうねん》先《さき》、どなたよりも強《つよ》くはなれない、かしこくはなれない、父上《ちちうえ》の氏政《うじまさ》さまよりも立派《りっぱ》になられない、とでも？」

「ふざけるなっ！」

氏直《うじなお》は、父氏政《ちちうじまさ》が強《つよ》すぎて、いつもおびえていると万千代《まんちよ》は忍《しの》びから聞《き》いていた。そこが、氏直《うじなお》の弱点《じゃくてん》だと考《かんが》えたのだ。万千代《まんちよ》はしずかに、けれどゆずらずに言《い》った。

「では、ちがうとおっしゃる」

「ちがう！」

「ならば北条《ほうじょう》さまに、わたしが強《つよ》くならないとも、言《い》えますまい。若《わか》い者《もの》ですので、学《まな》ぶ心《こころ》があれば、この先《さき》は強《つよ》くもかしこくもなれましょう」

氏直《うじなお》はだまってしまった。そこですかさず、万千代《まんちよ》が条件《じょうけん》を読《よ》みあげる。

「条件《じょうけん》は三《みっ》つございます。

一《いち》、北条軍《ほうじょうぐん》は、国中《くになか》（甲府盆地《こうふぼんち》とその周辺《しゅうへん》）以外《いがい》の甲斐《かい》と信濃《しなの》の佐久《さく》（現在《げんざい》の長野県佐久《ながのけんさく》市《し》・南佐久郡《みなみさくぐん》）を、徳川軍《とくがわぐん》にわたして、兵《へい》をひきあげること。

一《いち》、上野《こうずけ》は北条《ほうじょう》の領地《りょうち》とみとめる。

一《いち》、北条氏直《ほうじょううじなお》さまが、徳川家康《とくがわいえやす》さまの姫君《ひめぎみ》と結婚《けっこん》して、以降《いこう》はたがいに仲間《なかま》となり、相《あい》手《て》の領地《りょうち》を攻《せ》めないこと」

甲斐《かい》の国中《くになか》と佐久《さく》以外《いがい》の信濃《しなの》は、すでに徳川家《とくがわけ》の味方《みかた》であり、甲斐《かい》と信濃《しなの》は徳川《とくがわ》、上野《こうずけ》は北条《ほうじょう》のものということになる。

案外《あんがい》とゆるい条件《じょうけん》に、北条《ほうじょう》の将《しょう》たちはほっとした顔《かお》を見《み》せ、氏直《うじなお》もそのようすを見《み》て、うなずいたのだった。

こうして、北条《ほうじょう》への使者《ししゃ》の役目《やくめ》は成功《せいこう》した。

## 真《ま》っ赤《か》な炎《ほのお》の記憶《きおく》とともに

徳川《とくがわ》の陣《じん》にもどってきて、成功《せいこう》しましたと報告《ほうこく》した万千代《まんちよ》を、待《ま》っていた一団《いちだん》がいた。兵《へい》と将《しょう》の全員《ぜんいん》が、真《ま》っ赤《か》なよろいと、真《ま》っ赤《か》なかぶとで全身《ぜんしん》を固《かた》めている。七《しち》、八十人《はちじゅうにん》はいるだろうか。

「武田《たけだ》の……赤鬼《あかおに》……」

家康《いえやす》に連《つ》れられて、真《ま》っ赤《か》な軍団《ぐんだん》の前《まえ》に立《た》った万千代《まんちよ》は、息《いき》をのんだ。

(井伊谷《いいのや》を、真《ま》っ赤《か》に焼《や》いた赤鬼《あかおに》たちだ。設楽原《したらがはら》で撃《う》たれた、その生《い》き残《のこ》りか……)

あの冬《ふゆ》、鳳来寺《ほうらいじ》の裏山《うらやま》から見《み》た夜空《よぞら》をこがす炎《ほのお》の色《いろ》が、ありありと思《おも》いだされた。

「どうだ、万千代《まんちよ》。これがわしからのほうびであり、考《かんが》えだ」

「ええっ」

どういう意味《いみ》なのか、万千代《まんちよ》はとまどって家康《いえやす》を見《み》つめた。

「この一団《いちだん》を、おまえの部下《ぶか》として、まかせることにする。どうだ、これで立派《りっぱ》な一人前《いちにんまえ》の武将《ぶしょう》だ」

「お、お言葉《ことば》ですが……わたしはまだ、一人前《いちにんまえ》では……」

万千代《まんちよ》があせると、家康《いえやす》は赤《あか》いよろいの一団《いちだん》の将《しょう》らしい男《おとこ》にたずねた。

「この井伊万千代《いいまんちよ》が、ひとりで北条《ほうじょう》への使者《ししゃ》の役目《やくめ》をつとめてきた。さて、そちらの出《だ》した条件《じょうけん》は『数々《かずかず》の武功《ぶこう》（戦《いくさ》での実績《じっせき》）があるだけなら、ただの無鉄砲《むてっぽう》かもしれない。敵《てき》から使者《ししゃ》として信用《しんよう》されるほどの、落《お》ちつきと知恵《ちえ》と勇気《ゆうき》のある者《もの》なら、したがう』ということであったな。その言葉《ことば》に、まちがいはなかろうな？」

将《しょう》は、重々《おもおも》しく答《こた》えた。

「……まちがいはございません。このようなおすがたにもかかわらず、みごと北条《ほうじょう》を信用《しんよう》させたかたなら、したがいましょう」

将《しょう》が顔《かお》をあげて万千代《まんちよ》を見《み》た。

「この一団《いちだん》、設楽原《したらがはら》の戦《たたか》いで大将《たいしょう》を失《うしな》って、今《いま》はわしが仮《かり》にまとめております。よき大将《たいしょう》を求《もと》めておるところです」

「まことに、わたしが……？」

まだ信《しん》じられない万千代《まんちよ》に、家康《いえやす》はほほえんだ。

「一人前《いちにんまえ》でないと、まだ言《い》うなら、すがたも名《な》も一人前《いちにんまえ》にしてやろう。……よく耐《た》えたのう、万千代《まんちよ》。この陣中《じんちゅう》でかまわなければ、大人《おとな》のすがたになり、大人《おとな》の名《な》をなのる儀式《ぎしき》をする。北条《ほうじょう》が陣《じん》をひきはらったときでよいかな」

「ありがたき幸《しあわ》せにございます！」

とうとう万千代《まんちよ》が、一人前《いちにんまえ》としてみとめられたのだ。感激《かんげき》して顔《かお》をほんのりうす紅《べに》にそめる万千代《まんちよ》に、家康《いえやす》がごきげんで聞《き》いた。

「さて、名《な》はどうする？　父親《ちちおや》がつけるものだが、いないとなると……わしがつけるか」

「おそれながら、わたしには、なのりたい名《な》がございます。父《ちち》がたいせつにしていた『政《まつりごと》』の文字《もじ》と、井伊家《いいけ》の男子《だんし》が代々《だいだい》つける直《なお》の文字《もじ》、このふたつをあわせ、『直政《なおまさ》』と。父《ちち》と、このことを教《おし》えてくださった直虎《なおとら》さまに、つけていただいたのとおなじです」

「ほう、親《おや》がつけた名《な》があるなら、それが何《なに》よりよい。『井伊直政《いいなおまさ》』、よい名《な》だ」

「ありがとうございます」

万千代《まんちよ》——直政《なおまさ》は、赤《あか》いよろいの一団《いちだん》にむきなおった。

「井伊万千代《いいまんちよ》あらため、井伊直政《いいなおまさ》である。

かつて、わたしのふるさと井伊谷《いいのや》は、みなのおそろしいまでの強《つよ》さを知《し》った。そのことをうらむ気《き》はもうない。強《つよ》くなければできないことが、この世《よ》にはたくさんあると、今《いま》は思《おも》っている。

みな、わたしが若《わか》くて不安《ふあん》に思《おも》うだろうが、どうかいろいろとえんりょなく教《おし》えてほしい。わたしは学《まな》びたくてたまらないのだ。みなにとって好《この》ましい、よい大将《たいしょう》になりたい。よろしくたのむ」

一礼《いちれい》すると、「おうっ」と一団《いちだん》が答《こた》えた。

あのときの真《ま》っ赤《か》な炎《ほのお》……不安《ふあん》で、何《なに》もできずにくやしがるだけの少年《しょうねん》の心《こころ》は、身《み》の奥《おく》にしまった。井伊直政《いいなおまさ》は、あの赤《あか》の記憶《きおく》とともに、強《つよ》くなってゆく。

数日後《すうじつご》、儀式《ぎしき》に使《つか》う衣装《いしょう》がとどいたと知《し》らされ、直政《なおまさ》はいったん、家康《いえやす》のそばをはなれて、衣装《いしょう》を受《う》けとりに行《い》った。

本陣《ほんじん》の小屋《こや》をかこむ陣幕《じんまく》のそばまでもどったとき、直政《なおまさ》は、家康《いえやす》と酒井忠次《さかいただつぐ》の話《はな》し声《ごえ》を耳《みみ》にしてしまった。

「そうか、康政《やすまさ》もあいかわらず正義感《せいぎかん》のかたまりだのう。しかも、言《い》いかたがへたで、ただの負《ま》けずぎらいに聞《き》こえる。損《そん》をしていないか、気《き》になるな」

「はい、殿《との》。それに榊原《さかきばら》どのは、殿《との》が井伊《いい》どののような半人前《はんにんまえ》に、扱《あつか》いがむずかしい赤鬼《あかおに》軍団《ぐんだん》を与《あた》え、武功《ぶこう》のある自分《じぶん》にまかせてくれないのなら、井伊《いい》どのを斬《き》って、自分《じぶん》も死《し》ぬと物騒《ぶっそう》なことを……。とにかくなだめておきましたが」

「心配《しんぱい》するな。みなの前《まえ》で口《くち》にしたのなら問題《もんだい》だが、おまえにだけ打《う》ち明《あ》けたのなら、本《ほん》気《き》ではない、ただのうさ晴《ば》らしだ」

「……殿《との》、それにしても、わたしもうかがいたいものです。井伊《いい》どのをかわいがるのはわかります。あの男《おとこ》は落《お》ちついていて、勇気《ゆうき》があり、よくものごとを考《かんが》え、機転《きてん》の利《き》く若者《わかもの》です。

しかしなぜ、いつまでも大人《おとな》としてみとめず、大人《おとな》の名前《なまえ》やすがたを与《あた》えなかったのでしょう。十五歳《じゅうごさい》になればもう大人《おとな》だというのに、二十歳《はたち》をすぎてもあのようなすがた、かわいそうなほどでした。なぜに試練《しれん》を」

家康《いえやす》の声《こえ》が急《きゅう》にしずみこんだ。

「……わが息子《むすこ》につながるのでな……」

それを聞《き》いて、酒井《さかい》がだまりこんだ。しばらくしてからつぶやく。

「息子《むすこ》……信康《のぶやす》さまに……そうでした。井伊《いい》家の当主《とうしゅ》……では、耐《た》えていただかなくてはならないことも、あったかもしれませんな」

(信康《のぶやす》さま……三年前《さんねんまえ》に亡《な》くなられた若殿《わかとの》か。わたしと若殿《わかとの》が、どういうつながりがあるのだ?)

直政《なおまさ》はどきりとし、ふしぎに思《おも》った。

(けれど、無礼《ぶれい》にも立《た》ち聞《ぎ》きしてしまったことを、殿《との》や酒井《さかい》どのに聞《き》くわけにはいかない。直虎《なおとら》さまか南溪和尚《なんけいおしょう》なら、井伊《いい》家《け》の過去《かこ》について、何《なに》かしらごぞんじだろう。武田《たけだ》から受《う》けついだ赤鬼《あかおに》の一団《いちだん》をひきいることや、何《なに》より大人《おとな》の名前《なまえ》とすがたを見《み》ていただかねば)

この戦《いくさ》が終《お》わったら、ただちに直虎《なおとら》に会《あ》いに行《い》こう、と決《き》めた直政《なおまさ》だった。

徳川《とくがわ》と北条《ほうじょう》が戦《いくさ》をやめたのは、十月《じゅうがつ》の終《お》わりだった。

冬《ふゆ》の初《はじ》め、井伊谷《いいのや》に帰《かえ》り、龍潭寺《りょうたんじ》の直虎《なおとら》をたずねた直政《なおまさ》だったが……。

「……そんな……」

直政《なおまさ》をむかえてくれたのは、直虎《なおとら》の部屋《へや》の仏壇《ぶつだん》に置《お》かれた、真新《まあたら》しい位牌《いはい》だった。

『妙雲院殿月泉祐圓大姉《みょううんいんでんげつせんゆうえんだいし》』と書《か》かれている。直虎《なおとら》の位牌《いはい》と、すぐにわかった。

「亡《な》くなられた……いつ……」

「八月二十六日《はちがつにじゅうろくにち》に」

そう告《つ》げて、南溪和尚《なんけいおしょう》がしずかに語《かた》る。

「万千代《まんちよ》どののごぶじと、井伊谷《いいのや》の人々《ひとびと》の行《ゆ》く末《すえ》のことを、最期《さいご》まで気《き》にかけ、仏《ほとけ》に祈《いの》っておられれました。甲斐《かい》の戦場《いくさば》まで、亡《な》くなったという手紙《てがみ》は送《おく》らなくてもよい、万《まん》にひとつも心《こころ》みだれた万千代《まんちよ》どのが、油断《ゆだん》なされて敵《てき》の矢玉《やだま》に当《あ》たっては、と言《い》い残《のこ》されて。万《まん》千代《ちよ》どののご立派《りっぱ》なおすがた、お見《み》せしたかった……」

「直虎《なおとら》さま……もう万千代《まんちよ》ではありません。直政《なおまさ》です、わたしは井伊直政《いいなおまさ》です」

直政《なおまさ》の目《め》から、なみだがこぼれ落《お》ちかけ、あわててくちびるをかむ。

(受《う》けつがせていただいた『政《まつりごと》』の文字《もじ》、一生《いっしょう》、心《こころ》してなのっていきます)

位牌《いはい》に手《て》を合《あ》わせて心《こころ》でそう伝《つた》え、直政《なおまさ》は、南渓和尚《なんけいおしょう》をふりかえった。姿勢《しせい》を正《ただ》す。

「わたしは、赤鬼《あかおに》になろうと思《おも》います」

「赤鬼《あかおに》とは？」

「かつて、この井伊谷《いいのや》をおそった、武田《たけだ》の赤《あか》いよろいかぶとの一団《いちだん》を、殿《との》からおあずかりしました。これからはわたしが、赤鬼《あかおに》とおそれられたあの者《もの》たちをひきいてゆくのです」

「なんと。井伊谷《いいのや》の敵《てき》ではないか」

直政《なおまさ》はかぶりをふった。

「わたしも初《はじ》めはそう思《おも》いました。しかし、殿《との》はおっしゃったのです。『より強《つよ》い敵《てき》ほど、味方《みかた》になったときに、たのもしいものはない。そなたなら、最強《さいきょう》の味方《みかた》にできる』と。敵《てき》をおそれたり、にくんでいては、まわりにいない強《つよ》い味方《みかた》も、自分《じぶん》の成長《せいちょう》も得《え》られない、弱《よわ》いままなのです。赤鬼《あかおに》の名《な》に恥《は》じないおそろしいまでの強《つよ》さと勇気《ゆうき》、同時《どうじ》に弱《よわ》い者《もの》を守《まも》れるやさしさを持《も》った、新《あたら》しい赤鬼《あかおに》の大将《たいしょう》に、わたしはなります」

「よくぞおっしゃいました、万千代《まんちよ》……いえ、直政《なおまさ》どの。ご立派《りっぱ》な大人《おとな》になられた」

南渓和尚《なんけいおしょう》の目《め》にも、光《ひか》るものがあった。

「直政《なおまさ》どの、今《いま》こそ、この紙《かみ》をおおさめください。直虎《なおとら》さまのお心《こころ》です」

さしだされたのは、『政《まつりごと》』と書《か》かれたあの紙《かみ》だった。

「そして、父上《ちちうえ》の形見《かたみ》なのですね」

直政《なおまさ》は紙《かみ》を受《う》けとると、じっと見《み》つめた。父《ちち》が生《い》きたあかしだ。そう思《おも》って、直虎《なおとら》もたびたびながめていたのだろう。折《お》り目《め》のほかに、紙《かみ》のはじがだいぶしわになっている。

「たいせつにします」

紙《かみ》をたたんでそっとふところにしまうと、直政《なおまさ》は気《き》にかかっていたことを、南溪和尚《なんけいおしょう》にたずねた。井伊家《いいけ》の過去《かこ》について知《し》っているのは、今《いま》や和尚《おしょう》だけだ。

「ひとつ、うかがいたいことがあります。殿《との》がわたしを『わが息子《むすこ》につながる』とおっしゃいました。それは、わたしが井伊家《いいけ》の当主《とうしゅ》であること、なかなか大人《おとな》のすがたにしていただけなかったことと、関《かか》わりがあるような話《はなし》を耳《みみ》にしたのです。

わたしも、亡《な》くなられた若殿《わかとの》には、なんどかお目《め》にかかりましたが、顔《かお》やすがたがそれほど似《に》ているとも思《おも》えませんし、おそらく性格《せいかく》もちがいます。何《なに》より、井伊家《いいけ》の当主《とうしゅ》だからとしても、若殿《わかとの》とつながるとはまるで思《おも》えません。

和尚《おしょう》さまは、何《なに》かお心当《こころあ》たりなどございますか？」

「そのようなことを、徳川《とくがわ》さまが……」

南溪和尚《なんけいおしょう》は、軽《かる》く目《め》をとじて、しばらく考《かんが》えていたけれど、ゆっくりと口《くち》を開《ひら》いた。

「だれにも言《い》ってはならないと直平《なおひら》さまがおっしゃったのですが、直政《なおまさ》どのだけは知《し》っておるほうがよいでしょう。徳川《とくがわ》さまの奥方《おくがた》……亡《な》くなられた瀬名姫《せなひめ》さまをごぞんじですな」

「はい。近《ちか》くでお会《あ》いしたことはありませんが、遠《とお》くからお見《み》かけしたことは」

「瀬名姫《せなひめ》さまは、今川義元公《いまがわよしもとこう》の妹君《いもうとぎみ》の娘《むすめ》、つまり姪御《めいご》であられるということも？」

「はい、知《し》っています」

「じつは、そうではないのです。瀬名姫《せなひめ》さまは、本当《ほんとう》は直平《なおひら》さまの孫娘《まごむすめ》なのです」

「えっ？」

おどろいて、直政《なおまさ》は聞《き》き返《かえ》してしまった。

「孫娘《まごむすめ》？　井伊家《いいけ》のかた……なのですか？」

南溪和尚《なんけいおしょう》は深《ふか》くうなずいた。

「お若《わか》いころ、直平《なおひら》さまは、井伊家《いいけ》が主君《しゅくん》の今川家《いまがわけ》を裏切《うらぎ》らないよう、人質《ひとじち》として、子《こ》どもたちのだれかをさしだすように、今川義元公《いまがわよしもとこう》からせまられました。裏切《うらぎ》れば、そのとき人質《ひとじち》は殺《ころ》されてしまうことは、直政《なおまさ》どのもよく知《し》っておられますな」

「ええ」

「そのとき、『わたしが行《い》きます。わたしは女《おんな》で、槍《やり》や刀《かたな》を手《て》に、戦《いくさ》で城《しろ》を守《まも》って戦《たたか》う役《やく》には立《た》ちません。なので、今川《いまがわ》さまのお気持《きも》ちをなだめて井伊谷《いいのや》を守《まも》る、女《おんな》にしかできない戦《いくさ》をしてみせましょう』と、進《すす》みでたのが、直盛《なおもり》さまの父上直宗《ちちうえなおむね》さまの妹君《いもうとぎみ》でした。直《なお》親《ちか》さまの父上直満《ちちうえなおみつ》さまの姉上《あねうえ》でもあるかたです」

「わたしにとっては大伯母上《おおおばうえ》になる……そのようなかたがいたとは」

「その大伯母上《おおおばうえ》は人質《ひとじち》として、義元公《よしもとこう》のどのような仕打《しう》ちにもよく耐《た》え、信用《しんよう》を勝《か》ちとったのです。義元公《よしもとこう》は、自分《じぶん》の妹《いもうと》のようなものだといい、家臣《かしん》と結婚《けっこん》させました。そして生《う》まれたのが、瀬名姫《せなひめ》さまです。瀬名姫《せなひめ》さまと徳川《とくがわ》さまのお子《こ》が、若殿信康《わかとののぶやす》さまです」

「すると……父上《ちちうえ》と瀬名姫《せなひめ》さまはいとこ……直虎《なおとら》さまやわたしと亡《な》き若殿《わかとの》は、はとこ、という血《ち》のつながりがあるのですね」

ようやく直政《なおまさ》は理解《りかい》することができた。しかし、別《べつ》の疑問《ぎもん》がわいてくる。

「なぜ、このことが秘密《ひみつ》だったのでしょうか」

南渓和尚《なんけいおしょう》は説明《せつめい》を続《つづ》けた。

「徳川《とくがわ》さまも、かつて今川家《いまがわけ》の人質《ひとじち》でした。人《ひと》の心《こころ》をひきつける才《さい》があり、かしこい徳川《とくがわ》さまが裏切《うらぎ》って、ひとりの武将《ぶしょう》として独立《どくりつ》するのをおそれた義元公《よしもとこう》は、自分《じぶん》の身内《みうち》と結婚《けっこん》させて、今川家《いまがわけ》にしばりつけようとした……本当《ほんとう》の姪御《めいご》ではなく、血《ち》のつながらない姫《ひめ》だと知《し》られたら、どうなります？」

「しばりつけている意味《いみ》が、なくなります」

「ええ。直平《なおひら》さまがおそれたのは、知《し》られてしまうことが、義元公《よしもとこう》を裏切《うらぎ》ることとおなじだからです。それで、だれにも言《い》うなと。

おそらく瀬名姫《せなひめ》さまは何《なに》も知《し》らず、ご自分《じぶん》がそこらの家臣《かしん》の孫娘《まごむすめ》ではなく、主君《しゅくん》の今川家《け》につながっている姫君《ひめぎみ》と、信《しん》じておられたのでしょう。

けれど徳川《とくがわ》さまは、どこかで知《し》ってしまった。独立《どくりつ》されたのが、それと関係《かんけい》あるかどうかは、拙僧《せっそう》にはわかりませんが。

井伊家《いいけ》はほろぼされかけて、もはやひとり娘《むすめ》が『直虎《なおとら》』と男《おとこ》の名前《なまえ》をなのって、ようやく守《まも》っているような危《あや》うい家《いえ》。そのような家《いえ》につながる娘《むすめ》と知《し》ったら、瀬名姫《せなひめ》さまのほこりを傷《きず》つけてしまいます」

「……おやさしい殿《との》は、だまっておられた……」

「瀬名姫《せなひめ》さまのお身内《みうち》だからこそ、『えこひいき』と万一《まんいち》にも思《おも》われないよう、直政《なおまさ》どのにきびしい試練《しれん》を与《あた》えられ、一方《いっぽう》で、試練《しれん》を与《あた》えられた直政《なおまさ》どのをそばに置《お》いて、とてもお気《き》にかけてくださったのでしょう」

直政《なおまさ》は心《こころ》から納得《なっとく》したのだった。

# 四　井伊《いい》の赤鬼《あかおに》

## 立《た》ちはだかった、次《つぎ》の敵《てき》

大人《おとな》とみとめられたので、翌天正十一年《よくてんしょうじゅういちねん》（一五八三）の正月《しょうがつ》、直政《なおまさ》は家康《いえやす》の家臣《かしん》の娘《むすめ》と結婚《けっこん》した。

赤鬼《あかおに》の一団《いちだん》とともに、戦《いくさ》の訓練《くんれん》を日々《ひび》積《つ》んだ直政《なおまさ》は、将《しょう》や兵《へい》たちから、大将《たいしょう》として信頼《しんらい》されるようになった。家康《いえやす》は喜《よろこ》び、こう命《めい》じた。

「直政《なおまさ》、そなたも真《ま》っ赤《か》なよろいとかぶとを身《み》につけよ。これからは、直政《なおまさ》の兵団《へいだん》には、武田《たけだ》軍《ぐん》以外《いがい》から来《き》た兵《へい》たちも、赤《あか》いよろいとかぶとをつけさせろ。これを『赤備《あかぞな》え』とよぶことにする」

直政《なおまさ》は訓練《くんれん》をはじめる前《まえ》に、かつて武田《たけだ》軍《ぐん》だった将《しょう》にたずねたことがあった。

「なぜ、赤《あか》なのか？」

「赤《あか》に決《き》めた武将《ぶしょう》山県《やまがた》さまは、こうおっしゃいました。

『赤《あか》ならば、黒《くろ》いよろいかぶとばかりの戦場《いくさば》で目立《めだ》ち、ねらわれやすい。それでも身《み》につけるということは、だれよりも強《つよ》く、勇気《ゆうき》がある証拠《しょうこ》。目立《めだ》つのをおびえるような兵《へい》は加《くわ》わらない。したがって、ますます強《つよ》い者《もの》ばかりになってゆく』と」

「大将《たいしょう》となるわたしにも、ふさわしい強《つよ》さが必要《ひつよう》なのだな」

「はい。赤《あか》の一団《いちだん》は、最強《さいきょう》の兵団《へいだん》。赤鬼《あかおに》とおそれられるのは、名誉《めいよ》なのです」

赤鬼《あかおに》――最強《さいきょう》の赤《あか》の兵団《へいだん》が、活躍《かつやく》する日《ひ》がやがてやってきた。

直政《なおまさ》が赤《あか》の兵団《へいだん》をひきいて二年後《にねんご》、天正十二年《てんしょうじゅうにねん》（一五八四）の春《はる》。家康《いえやす》は、織田信長《おだのぶなが》の次男《じなん》の信雄《のぶかつ》を助《たす》けて、羽柴秀吉《はしばひでよし》と戦《たたか》うことになった。

そもそものはじまりは、信長《のぶなが》と、信雄《のぶかつ》の兄《あに》の信忠《のぶただ》が亡《な》くなった時点《じてん》にさかのぼる。本能寺《ほんのうじ》の変《へん》で信長《のぶなが》と信忠《のぶただ》を死《し》に追《お》いこんだ明智光秀《あけちみつひで》を、たおしたのは羽柴秀吉《はしばひでよし》だった。

その直後《ちょくご》、織田家《おだけ》の新《あたら》しい当主《とうしゅ》を決《き》める会議《かいぎ》で、秀吉《ひでよし》はうまいこと、織田家《おだけ》の武将《ぶしょう》たちを言《い》いくるめた。当主《とうしゅ》を、信忠《のぶただ》の息子《むすこ》で、まだたった二歳《にさい》の三法師《さんぼうし》に決《き》めて、実際《じっさい》には「三《さん》法師《ぼうし》さまのお世話係《せわがかり》の秀吉《ひでよし》」が、織田《おだ》の領地《りょうち》を治《おさ》めてしまったのだ。

このことに信雄《のぶかつ》は怒《おこ》った。あとつぎは大人《おとな》でなければつとまらず、次男《じなん》の自分《じぶん》しかいないはずだ、と。

家康《いえやす》は、信雄《のぶかつ》の言《い》うとおりだと考《かんが》えていた。

「羽柴《はしば》どのは、なんともずるがしこい。明智《あけち》をたおしてかたき討《う》ちまではよかったが、なぜ織田《おだ》さまの領地《りょうち》をさっさと手《て》に入《い》れているのだ？　一家臣《いちかしん》にすぎないのに」

こうして戦《たたか》いがはじまった。酒井忠次《さかいただつぐ》、榊原康政《さかきばらやすまさ》が、それぞれ別働隊《べつどうたい》で戦《たたか》い、勝利《しょうり》をおさめる。

直政《なおまさ》は、本多忠勝《ほんだただかつ》などとともに、尾張《おわり》の長久手《ながくて》（現在《げんざい》の愛知県長久手市《あいちけんながくてし》）というところで、家康《いえやす》の本隊《ほんたい》を守《まも》り、「赤備《あかぞな》え」で戦《たたか》った。兵団《へいだん》のしるしであるのぼりや旗《はた》も真《ま》っ赤《か》にそろえて、「井《い》」の字《じ》を白《しろ》くそめぬく。

真《ま》っ赤《か》なよろいかぶとの直政《なおまさ》は、赤《あか》の兵《へい》たちをはげました。

「榊原《さかきばら》どのが、敵《てき》の兵《へい》たちと戦《たたか》いながら、『羽柴秀吉《はしばひでよし》は、織田信長《おだのぶなが》さまからいただいた恩《おん》義《ぎ》をわすれた悪者《わるもの》だ。おまえらは、その秀吉《ひでよし》にしたがう、だめなやつらだ』と書《か》いた紙《かみ》を、大量《たいりょう》にばらまいているそうだ。

なんとも目立《めだ》ちまくっているではないか。われら赤備《あかぞな》えの一団《いちだん》こそ、もっとも目立《めだ》たなくてどうする！　戦《たたか》いぶりで目立《めだ》ってやるぞ！　いざ、敵《てき》をけちらし、おそれさせようぞ！」

「おおう！」

赤備《あかぞな》えの一団《いちだん》が、おそいくる敵兵《てきへい》をつぎつぎにたおし、敵陣深《てきじんふか》くまでつっこんでゆくそ

のようすは、「あれが赤鬼《あかおに》か」「武田《たけだ》の赤鬼《あかおに》が、井伊《いい》の赤鬼《あかおに》になった」と敵《てき》にも味方《みかた》にもおそれられた。一団《いちだん》は、敵《てき》の武将《ぶしょう》をつぎつぎ討《う》ちとってゆく。

負《ま》けじと、もどってきた榊原《さかきばら》の兵団《へいだん》も加《くわ》わり、本陣《ほんじん》を守《まも》った本多《ほんだ》の隊《たい》と合《あ》わせての活躍《かつやく》で、徳川軍《とくがわぐん》は羽柴軍《はしばぐん》に勝利《しょうり》をおさめたのだった。

これで秀吉《ひでよし》がおとなしくなると、家康《いえやす》も家臣《かしん》たちも思《おも》ったのだが……。

「ええっ、信雄《のぶかつ》さまが、羽柴《はしば》どのの言《い》いなりになってしまった？」

秀吉《ひでよし》は信雄《のぶかつ》の領地《りょうち》の城《しろ》を、ちくちくとしつこく攻撃《こうげき》し、信雄《のぶかつ》に音《ね》をあげさせてしまったのだ。直政《なおまさ》も赤備《あかぞな》えの兵団《へいだん》で助《たす》けに行《い》ったりしたが、だめだったようだ。

「これで、戦《たたか》う理由《りゆう》がなくなった……」

「殿《との》、どうされるのですか？」

直政《なおまさ》がたずねると、家康《いえやす》はしぶい顔《かお》でこたえた。

「しかたあるまい」

家康《いえやす》も兵《へい》を引《ひ》くしかなかった。

その後《ご》も秀吉《ひでよし》と家康《いえやす》はたがいに心《こころ》をゆるしていなかったが、一年半《いちねんはん》ほどたったときのことだった。

「仲《なか》なおりしよう、家族《かぞく》になろうではないか、という手紙《てがみ》が、羽柴《はしば》どのから来《き》た。わしに正妻《せいさい》がいないので、羽柴《はしば》どのの妹君《いもうとぎみ》を、嫁《よめ》にくれると言《い》っている」

家康《いえやす》から打《う》ち明《あ》けられ、直政《なおまさ》はおどろいた。

「え……妹君《いもうとぎみ》は、おいくつなのですか？」

「わしよりもひとつ年下《としした》らしい。四十四歳《よんじゅうよんさい》だな。仲《なか》むつまじい夫《おっと》がいると聞《き》くのに、むりやり離婚《りこん》させて、こちらへよこすのだろう」

「あきれた話《はなし》ですね……妹君《いもうとぎみ》も、おかわいそうに」

しかし、断《ことわ》れば秀吉《ひでよし》はどんな作戦《さくせん》に出《で》るかわからない。受《う》け入《い》れることにして、初夏《しょか》になり、妹《いもうと》の朝日姫《あさひひめ》が浜松城《はままつじょう》にやってきた。

花嫁《はなよめ》をおくられたお礼《れい》とあいさつに、家康《いえやす》が秀吉《ひでよし》に会《あ》いに大坂城《おおさかじょう》まで行《い》き、頭《あたま》をさげること、という条件《じょうけん》もついてきた。家康《いえやす》がため息《いき》をつく。

「なぜ戦《いくさ》に勝《か》ったわしが、負《ま》けた羽柴《はしば》どのに頭《あたま》をさげなければならない？　そもそもわしが頭《あたま》をさげたら、朝日姫《あさひひめ》はどう思《おも》う。のう、直政《なおまさ》？」

浜松城《はままつじょう》で泣《な》いて落《お》ちこみ、家康《いえやす》をはじめ、徳川《とくがわ》の家来《けらい》のだれとも口《くち》をきかないで、意地《いじ》を張《は》っている朝日姫《あさひひめ》を、みな、もてあましていた。

「はい、この結婚《けっこん》が本当《ほんとう》に決《き》まり、もう二度《にど》と大坂城《おおさかじょう》には帰《かえ》れなくなるとお思《おも》いになるのでは。兄上《あにうえ》に見捨《みす》てられたと悲《かな》しむでしょう」

「かわいそうに、花嫁《はなよめ》ではなく、人質《ひとじち》ではないか。……それに」

「それに？」

「あの朝日姫《あさひひめ》が、本物《ほんもの》だという証拠《しょうこ》があるか？　われわれはだれも、『羽柴《はしば》どのの妹君《いもうとぎみ》』の顔《かお》を、以前《いぜん》に見《み》たことがないのだぞ」

直政《なおまさ》はうなずいた。

「ごもっともでございます」

というわけで、あいさつに行《い》くのを無視《むし》していた。

すると、なんと秋《あき》の終《お》わりになって、「朝日姫《あさひひめ》に会《あ》いたがっているから」という理由《りゆう》を

つけて、今度《こんど》は秀吉《ひでよし》の母《はは》のなかが、家康《いえやす》のもとへ送《おく》られてきた。大政所《おおまんどころ》さま、とみなから
よばれている人《ひと》だ。

家康《いえやす》は、ますますこまり顔《がお》になってこう言《い》った。

「人質《ひとじち》の追加《ついか》か。お年《とし》よりの大政所《おおまんどころ》さまを、遠《とお》くまで旅《たび》させるわけにもいくまい。朝日姫《あさひひめ》
を、もうすこし大坂《おおさか》に近《ちか》い三河《みかわ》の岡崎城《おかざきじょう》に連《つ》れていき、そこで大政所《おおまんどころ》さまに会《あ》わせよう。

直政《なおまさ》、そなたに大政所《おおまんどころ》さまの警護《けいご》をまかせる。しばらく岡崎城《おかざきじょう》へ行《い》ってくれ」

「かしこまりました」

家康《いえやす》は直政《なおまさ》をしたがえ、朝日姫《あさひひめ》を連《つ》れて岡崎城《おかざきじょう》へ行《い》った。

大政所《おおまんどころ》さまなら見《み》たことがある、という家来《けらい》に、本人《ほんにん》かどうか、こっそりと顔《かお》を確《たし》かめ
させる。そして、本人《ほんにん》とわかってから、朝日姫《あさひひめ》に会《あ》わせた。

朝日姫《あさひひめ》はひと目見《めみ》るなり、わあっと泣《な》きだした。

「母《かか》さま、母《かか》さまぁ」

だきあって泣《な》くふたりを、となりの部屋《へや》からのぞき見《み》した家康《いえやす》は、うなった。

「どうやら、朝日姫《あさひひめ》は本物《ほんもの》だな。ここまでされて、もっとめんどうなことにならないうち

に、あいさつに行《い》ったほうがよさそうだ。あとのことは、直政《なおまさ》、たのんだぞ」

「ははっ」

直政《なおまさ》は、大政所《おおまんどころ》と朝日姫《あさひひめ》の部屋《へや》の外《そと》で、警護《けいご》をすることになった。けれど……。

「……あれが、赤鬼《あかおに》とうわさの、おそろしい男《おとこ》か？」

「そのようです、母《かか》さま。家康《いえやす》どのは、わたしたちを殺《ころ》すつもりなのです、きっと」

「ひどいことになってしまったのう……」

ふたりがおびえてそう話《はな》しているのを、聞《き》いてしまう。

(そのようなつもりはないのだが……弱《よわ》い立場《たちば》の女《おんな》の人《ひと》をおびえさせるのは、男《おとこ》として、はずかしいことではないか。

そういえば、母上《ははうえ》にも、おばあさまにも、直虎《なおとら》さまにも、たいした親孝行《おやこうこう》はできなかった。立派《りっぱ》な大人《おとな》になれば喜《よろこ》ばれると信《しん》じ、はたらき続《つづ》けた。おくりものを持《も》ってたずねるとか、白湯《さゆ》でも飲《の》みながら話《はなし》を聞《き》くとか、あまりしてこなかったな。……したいと思《おも》ったときにはもう、おそい)

おっとりしておだやかな大政所《おおまんどころ》を見《み》ていると、祐椿尼《ゆうちんに》をどうしても思《おも》いだす。直政《なおまさ》は考《かんが》えてみた。直虎《なおとら》は、いつも井伊谷城《いいのやじょう》に花《はな》をかざっていた。なので京《きょう》に行《い》ったとき、おみやげにも、自然《しぜん》と花活《はない》けをえらんでいた。

庭《にわ》に出《で》て枯《か》れ残《のこ》った菊《きく》の花《はな》をつむと、花活《はない》けにさして、細《ほそ》く開《あ》けたふすまからさしだす。

「不調法者《ぶちょうほうもの》にて、このような花《はな》の活《い》けかたしか、できませんが」

ふたりはだまっているが、気《き》にせず、置《お》いてゆく。

次《つぎ》には、扇《おうぎ》や香炉《こうろ》やくしを商人《しょうにん》に持《も》ってきてもらって買《か》い、毎日一品《まいにちいっぴん》ずつ置《お》いた。

数日続《すうじつつづ》けると、大政所《おおまんどころ》の声《こえ》が返《かえ》ってきた。

「いつも、すまないのう」

「いいえ。わたしにもやさしい祖母《そぼ》や母《はは》、養母《ようぼ》がありました。この世《よ》で孝行《こうこう》もできないまま、今《いま》さら身勝手《みがって》なことをして、ひとりで満足《まんぞく》しているだけです。お気《き》にさわりましたら、お許《ゆる》しください」

「そうですか……今度《こんど》は、顔《かお》を見《み》せていってください。お礼《れい》を言《い》いたいので」

数日後《すうじつご》、直政《なおまさ》はあられや干菓子《ひがし》の包《つつ》みをもって、ふすまから顔《かお》をのぞかせた。

「よろしければ、おめしあがりください。毒《どく》が入《はい》っているとおうたがいならば、奥方《おくがた》さまや大政所《おおまんどころ》さまが、好《す》きな菓子《かし》をえらんで、わたしに毒味《どくみ》させればよろしい」

「……では……」

朝日姫《あさひひめ》と大政所《おおまんどころ》は顔《かお》を見《み》あわせてから、おそるおそる干菓子《ひがし》を半分《はんぶん》に割《わ》ってさしだす。

ぱくり、と直政《なおまさ》は食《た》べてみせた。

「甘《あま》くて、うまいですな」

じっと見《み》ていたふたりは、次《つぎ》に、大坂《おおさか》から連《つ》れてきた世話係《せわがかり》の女性《じょせい》をよび、徳川《とくがわ》の家来《けらい》もよんだ。それぞれに、好《す》きなものを食《た》べてもらう。朝日姫《あさひひめ》がつぶやいた。

「……何《なに》ごともない……」

すると、大政所《おおまんどころ》が干菓子《ひがし》を口《くち》に入《い》れ、ほほえんだ。

「おいしい。朝日《あさひ》もお食《た》べ」

こうして、直政《なおまさ》は、ふたりの信用《しんよう》を得《え》た。寒《さむ》くなってきたので、直政《なおまさ》は部屋《へや》を暖《あたた》めることに気《き》を配《くば》り、話《はな》し相手《あいて》にもなった。

「井伊《いい》どの、井伊《いい》どの」と、ふたりは用《よう》があるたびに直政《なおまさ》をよび、ほかの徳川《とくがわ》の家来《けらい》にはたのまない。

なので家来《けらい》たちが「井伊《いい》どのは、羽柴《はしば》と仲《なか》よくする裏切《うらぎ》り者《もの》ではないか」と裏《うら》で責《せ》めた。

直政《なおまさ》は落《お》ちついて答《こた》えた。

「もしも、羽柴《はしば》どのに会《あ》いに行《い》かれた殿《との》に何《なに》かあり、いざとなったら、わたしがあの人質《ひとじち》たちを殺《ころ》す。そのとき、あせって世話係《せわがかり》の女《おんな》と見《み》まちがえないよう、毎日人質《まいにちひとじち》の顔《かお》を見《み》に行《い》っているだけだ」

この言《い》い訳《わけ》で、家来《けらい》たちも直政《なおまさ》をうたがわなくなった。


ひと月《つき》ほどして、家康《いえやす》はぶじに岡崎城《おかざきじょう》にもどってきた。そこで、大政所《おおまんどころ》を大坂城《おおさかじょう》へ帰《かえ》すことにした。すると大政所《おおまんどころ》はこう言《い》いだした。

「井伊《いい》どのに、大坂城《おおさかじょう》まで送《おく》っていただきたいのです。息子《むすこ》にも『帰《かえ》るときは井伊《いい》どのと帰《かえ》りたい』と手紙《てがみ》で伝《つた》えたら、そうするように徳川《とくがわ》どのに伝《つた》えると、言《い》ってくれて」

こうして、家康《いえやす》の命令《めいれい》もあり、直政《なおまさ》は大政所《おおまんどころ》を警護《けいご》して、大坂城《おおさかじょう》へ送《おく》っていくことになった。しかしまた、家来《けらい》たちが「井伊《いい》どのが、羽柴《はしば》と……」とうたがいだした。

直政《なおまさ》は家来《けらい》たちに言《い》った。

「では、朝日姫《あさひひめ》さまのいる部屋《へや》の外《そと》に、ないしょでたきぎを積《つ》んでくれ。もしわたしが裏《うら》切《ぎ》ったら、火《ひ》をつけろとわたしが命《めい》じたと伝《つた》えて、たきぎに火《ひ》をつけて焼《や》き殺《ころ》せばよい」

そんなことを実行《じっこう》したら、秀吉《ひでよし》からも、家康《いえやす》からも、直政《なおまさ》は信用《しんよう》を失《うしな》う。直政《なおまさ》の覚悟《かくご》に、家来《けらい》たちは何《なに》も言《い》えなかった。

大坂城《おおさかじょう》で、大政所《おおまんどころ》さまをおとどけいたしました、とあいさつした直政《なおまさ》に、秀吉《ひでよし》は笑《わら》ってこう言《い》った。

「母《はは》と妹《いもうと》に、とてもよくしてくれたそうだのう。どうだ、このたびわしは、帝《みかど》から新《あたら》しく、豊臣《とよとみ》という姓《せい》をいただくことになった。そなたもわしの仲間《なかま》になれば、豊臣《とよとみ》となのってもいいぞ。気《き》に入《い》った者《もの》にしか、こんなことは言《い》わん」

「おそれながら、徳川《とくがわ》の殿《との》が、わたしに、殿《との》の元《もと》の名《な》である松平《まつだいら》という名字《みょうじ》をくださるとおっしゃったとき、わたしは『井伊《いい》』の名《な》を守《まも》った家族《かぞく》を思《おも》い、断《ことわ》りました。殿《との》を断《ことわ》りましたのに、他人《たにん》から名《な》をいただくなど、そのような裏切《うらぎ》りがどうしてできましょう。たとえこの場《ば》で殺《ころ》されようと、お断《ことわ》りいたします」

秀吉《ひでよし》を怒《おこ》らせるかもしれないのに、直政《なおまさ》はきっぱりと断《ことわ》った。それほどまでに、『井《い》伊《い》』の名《な》はたいせつなものだった。

（『井《い》伊《い》』の名《な》には、ひいおじいさま、おじいさま、父上《ちちうえ》、おばあさま、何《なに》より直虎《なおとら》さまの、命《いのち》をかけた思《おも》いが詰《つ》まっている）

まっすぐに見《み》すえる直政《なおまさ》に、秀吉《ひでよし》はおどろいたようだが、にっこりした。

「これはわしが悪《わる》かった。ほこり高《たか》い名家《めいか》『井《い》伊《い》』の名《な》に、無礼《ぶれい》なことを言《い》った」

二年後《にねんご》、大政所《おおまんどころ》が重《おも》い病気《びょうき》になり、それを知《し》った朝日姫《あさひひめ》も会《あ》いたがった。家康《いえやす》は会《あ》いに行《い》かせ、そのさらに二年後《にねんご》、朝日姫《あさひひめ》は京《きょう》で亡《な》くなった。

## 赤鬼《あかおに》、最後《さいご》の戦《たたか》い

戦《いくさ》で活躍《かつやく》するはずだった「井《い》伊《い》の赤鬼《あかおに》」こと赤備《あかぞな》えの兵団《へいだん》。だが、思《おも》いがけないことになった。

羽柴秀吉《はしばひでよし》が豊臣秀吉《とよとみひでよし》となり、さらに「関白《かんぱく》」という帝《みかど》のかわりに政治《せいじ》を行《おこな》う立場《たちば》についた。全国《ぜんこく》の武将《ぶしょう》たちに、秀吉《ひでよし》の許可《きょか》なく戦《いくさ》をすることを禁止《きんし》すると、家康《いえやす》もそれにしたがうことになり、出番《でばん》がほとんどなくなってしまったのだ。

二度《にど》ほど出陣《しゅつじん》はしたけれど、ほとんど戦《たたか》うこともなかった。戦《たたか》ったと言《い》えるのは、陸奥《むつ》の北《きた》のほうまで、反乱《はんらん》をしずめるため、秀吉《ひでよし》に命《めい》じられた家康《いえやす》の代理《だいり》で遠征《えんせい》したときだ。戦《たたか》いに勝利《しょうり》した赤備《あかぞな》えの兵団《へいだん》だが、その評判《ひょうばん》ははるかな地《ち》にとどまっただけだ。

そして、直政《なおまさ》が四十歳《よんじっさい》になった慶長五年《けいちょうごねん》（一六〇〇）の秋《あき》。

秀吉《ひでよし》が亡《な》くなって二年《にねん》、徳川家康《とくがわいえやす》はいまや、だれよりも力《ちから》をたくわえた武将《ぶしょう》になっていた。秀吉《ひでよし》の残《のこ》した幼《おさな》い息子《むすこ》秀頼《ひでより》が大人《おとな》になるまで助《たす》けて、政《まつりごと》を行《おこな》う武将《ぶしょう》たちの、実質筆頭《じっしつひっとう》でもある。

秀吉《ひでよし》が信長《のぶなが》の幼《おさな》い孫《まご》から領地《りょうち》や権力《けんりょく》をうばったように、家康《いえやす》も秀頼《ひでより》からうばうのでは、と考《かんが》える秀吉《ひでよし》の家臣《かしん》たちが、何人《なんにん》かいた。

その代表《だいひょう》となったのが、石田三成《いしだみつなり》だった。「家康《いえやす》の考《かんが》えはこんなにもたくさんまちがっている」と、十三点《じゅうさんてん》もまちがいを書《か》いた紙《かみ》を配《くば》りまくって仲間《なかま》を集《あつ》め、九月《くがつ》になって、とうとう「豊臣《とよとみ》をたいせつに思《おも》う軍《ぐん》」と、「徳川《とくがわ》に味方《みかた》したほうが得《とく》と思《おも》う軍《ぐん》」が、東西《とうざい》から進《すす》んできて、ぶつかることになった。

東西《とうざい》……十年前《じゅうねんまえ》、秀吉《ひでよし》が北条《ほうじょう》をほろぼしたとき、手伝《てつだ》った家康《いえやす》は北条《ほうじょう》の領地《りょうち》をそっくりもらって、江戸城《えどじょう》に移《うつ》ったからだ。直政《なおまさ》も上野《こうずけ》の城《しろ》をもらい、移《うつ》っている。家康《いえやす》が大《おお》きな武将《ぶしょう》になるにつれて、もはや、井伊谷《いいのや》を守《まも》るだけではすまないほど、直政《なおまさ》は家康《いえやす》の重臣《じゅうしん》となっていた。このときに直政《なおまさ》は、本多《ほんだ》や榊原《さかきばら》よりも領地《りょうち》が多《おお》くなっている。それほどの重臣《じゅうしん》だった。

京《きょう》から来《き》た石田三成《いしだみつなり》などの西軍《せいぐん》と、家康《いえやす》などの東軍《とうぐん》がぶつかったのは、近江《おうみ》との境《さかい》に近《ちか》い美濃《みの》の関ケ原《せきがはら》（現在《げんざい》の岐阜県不破郡関ケ原町《ぎふけんふわぐんせきがはらちょう》）。

九月十五日《くがつじゅうごにち》の朝《あさ》。前日《ぜんじつ》からの雨《あめ》が残《のこ》り、白《しろ》い霧《きり》が深《ふか》く立《た》ちこめていた。陣《じん》どった徳川軍《とくがわぐん》の中《なか》に、真《ま》っ赤《か》な一団《いちだん》があった。赤《あか》いのぼり、赤《あか》いよろいかぶと、馬上《ばじょう》の大将《たいしょう》の直政《なおまさ》から、徒歩《とほ》の兵《へい》まで、全員《ぜんいん》が真《ま》っ赤《か》だ。その数《かず》、三千六百《さんぜんろっぴゃく》。黒《くろ》いよろいかぶととちがい、赤《あか》は白《しろ》い霧《きり》の中《なか》でも目立《めだ》っている。

ひさびさの「井伊《いい》の赤鬼《あかおに》」たちだった。

「直政《なおまさ》、兄上《あにうえ》はまだ到着《とうちゃく》しないのか」

直政にたずねたのは、となりにならんだ三千人《さんぜんにん》の兵団《へいだん》をひきいている松平忠吉《まつだいらただよし》だ。

忠吉《ただよし》は家康《いえやす》の息子《むすこ》。家康《いえやす》には、気《き》に入《い》ってそばに置《お》いている何人《なんにん》かの女性《じょせい》とのあいだに、子《こ》どもたちがいた。彼女《かのじょ》たちは守《まも》られている妻《つま》というより、家康《いえやす》を助《たす》ける女家臣《おんなかしん》だ。

兄上《あにうえ》というのは、家康《いえやす》があとつぎに定《さだ》めた息子《むすこ》・秀忠《ひでただ》。秀忠《ひでただ》と忠吉《ただよし》は母親《ははおや》がおなじ兄《きょう》弟《だい》だった。

「秀忠《ひでただ》さまは、榊原《さかきばら》どのとともに、われらが来《き》たのとは別《べつ》の道《みち》をこちらにむかっております。まだ着《つ》いておられないようですが……」

はじめて戦《いくさ》に出《で》るこの兄弟《きょうだい》のために、家康《いえやす》は秀忠《ひでただ》には榊原康政《さかきばらやすまさ》、忠吉《ただよし》には直政《なおまさ》を、護衛《ごえい》兼指導役《けんしどうやく》としてつけた。本多忠勝《ほんだただかつ》は家康《いえやす》を守《まも》り、酒井忠次《さかいただつぐ》は年老《としお》いてもう亡《な》くなっている。

「兄上《あにうえ》は徳川軍《とくがわぐん》の半分《はんぶん》、三万《さんまん》を連《つ》れているのだぞ」

「確《たし》かに……。このままでは、徳川《とくがわ》と豊臣《とよとみ》の戦《たたか》いのはずが、徳川以外《とくがわいがい》の武将《ぶしょう》たちばかりが目立《めだ》つ戦《たたか》いになってしまいます」

直政《なおまさ》は忠吉《ただよし》を見《み》つめ、考《かんが》えた。

（忠吉《ただよし》さまは二十一歳《にじゅういっさい》。戦《いくさ》をおそれるようすもなく、どうどうと、落《お》ちついておられる。わたしがこのくらいの歳《とし》のとき、戦《いくさ》から学《まな》んだことや考《かんが》えたこと、心《こころ》の強《つよ》さは、今《いま》もわたしを支《ささ》えている。忠吉《ただよし》さまならきっと、この戦《いくさ》でおおいに学《まな》ばれるであろうし、その場《ば》にみちびくのが、わたしの役目《やくめ》だ）

「忠吉《ただよし》さま、勇気《ゆうき》のあるあなたさまを見《み》こんで、ひとつ、策《さく》がございます。わたしを信《しん》じて、ついてきてください」

直政《なおまさ》は、赤鬼《あかおに》たちの中《なか》から、とくに強《つよ》い三十人《さんじゅうにん》ほどの将《しょう》をえらんだ。この三十人《さんじゅうにん》に鉄砲《てっぽう》を持《も》たせ、忠吉《ただよし》を守《まも》るようにかこませる。それをひきつれて直政《なおまさ》は、敵《てき》とにらみあう最前《さいぜん》線《せん》へと、ほかの武将《ぶしょう》たちの軍《ぐん》のあいだをすりぬけ、馬《うま》を進《すす》めてゆく。

最前線《さいぜんせん》には、いちばんに敵《てき》へつっこむと、事前《じぜん》に会議《かいぎ》で決《き》められた福島正則《ふくしままさのり》という武将《ぶしょう》の軍《ぐん》がいた。福島軍《ふくしまぐん》の将《しょう》が、赤《あか》い一団《いちだん》の前《まえ》に立《た》ちはだかる。

「こらっ。いちばん前《まえ》で最初《さいしょ》に攻撃《こうげき》するのは、われらだ。勝手《かって》に前《まえ》に出《で》てくるな」

「これは失礼《しつれい》した。わたしは井伊直政《いいなおまさ》、こちらは徳川家康《とくがわいえやす》さまのご子息《しそく》、松平忠吉《まつだいらただよし》さまである。はじめての戦《いくさ》なので、ぜひとも、みなさまが真《ま》っ先《さき》に攻撃《こうげき》する勇敢《ゆうかん》なところを、学《まな》んでいただきたいと考《かんが》え、見学《けんがく》にお連《つ》れしたのだ。このあたりで見《み》せていただいてもよろしいか」

「徳川《とくがわ》さまのご子息《しそく》……こちらこそご無礼《ぶれい》しました。光栄《こうえい》です、ぜひ、ごらんください」

直政《なおまさ》は忠吉《ただよし》のそばにもどると、「さあ、戦《たたか》いますぞ、お覚悟《かくご》を」とささやいた。

「放《はな》てーっ」

直政《なおまさ》が命《めい》じると、赤鬼《あかおに》たちがいっせいに敵《てき》にむかって発砲《はっぽう》した。敵《てき》からも弾《たま》が放《はな》たれ、とつぜん戦《いくさ》がはじまった。福島軍《ふくしまぐん》があせった。

「な、何《なに》をするっ。おい、後《おく》れをとるな、撃《う》て撃《う》てーっ」

このすきに、直政《なおまさ》は自分《じぶん》の軍《ぐん》と忠吉《ただよし》の軍《ぐん》をよびよせて、合流《ごうりゅう》した。

「これで、徳川《とくがわ》がはじめた戦《たたか》い、ということになりましたぞ、忠吉《ただよし》さま」

にやりとする直政《なおまさ》に、忠吉《ただよし》が感心《かんしん》する。

「おお、みごと。しかし、父上《ちちうえ》が怒《おこ》らなければよいが」

家康《いえやす》が直政《なおまさ》に、なんとなく策《さく》をほのめかしていたのだ。まともに指示《しじ》すれば、会議《かいぎ》を無《む》視《し》したことになる。ぼやかした言《い》いかたを察《さっ》し、実行《じっこう》して、あとで責任《せきにん》を負《お》うのも直政《なおまさ》の役目《やくめ》だった。

「きっと、殿《との》のお考《かんが》えもおなじでございましょう。長年《ながねん》お仕《つか》えしましたから、わかります。いざ、まいりますぞ！」

赤備《あかぞな》えの兵団《へいだん》は、敵《てき》につっこんでいった。

戦《いくさ》は、半日《はんにち》で終《お》わった。家康《いえやす》の指示《しじ》で、事前《じぜん》に直政《なおまさ》たちが、考《かんが》えの近《ちか》かった何人《なんにん》かの敵《てき》の将《しょう》を説得《せっとく》し、味方《みかた》に入《い》れたり、とちゅうで裏切《うらぎ》ったりするようにしむけていたのだ。

昼《ひる》すぎには、負《ま》けがはっきりした西軍《せいぐん》が、逃《に》げだした。

なりゆきで西軍《せいぐん》に加《くわ》わったものの、あまりやる気《き》がなくて、東軍《とうぐん》をかわし続《つづ》けていた薩《さつ》摩《ま》（現在《げんざい》の鹿児島県西部《かごしまけんせいぶ》）の島津軍《しまづぐん》が、西軍《せいぐん》を追《お》う東軍《とうぐん》の中《なか》にいつのまにかとり残《のこ》されてしまっていた。

逃《に》げ道《みち》がない、と気《き》がついた島津軍《しまづぐん》は、なんと、こうすれば東軍《とうぐん》が攻撃《こうげき》しにくいと思《おも》ったのか、まっすぐに家康《いえやす》のいる本陣《ほんじん》の方《ほう》へつっこんできたのだ。ぎりぎりをすりぬけて、逃《に》げるつもりらしい。

「島津軍《しまづぐん》を追《お》え！」

直政《なおまさ》はみずから赤鬼《あかおに》たちの先頭《せんとう》に立《た》ち、馬《うま》を走《はし》らせる。

「わたしも行《い》く！」

忠吉《ただよし》が勇《いさ》ましくついてきた。危《あぶ》ないから、ともどらせていては、島津軍《しまづぐん》を逃《に》がす。

「忠吉《ただよし》さま、わたしからはなれますな！　敵《てき》の首《くび》のとりかたをお教《おし》えしましょう」

たちまち島津軍《しまづぐん》は、本陣《ほんじん》のすぐ横《よこ》をかけぬけてゆく。

「無礼《ぶれい》なっ、島津《しまづ》め、逃《に》がすかっ」

とさけんで、本多忠勝《ほんだただかつ》も追《お》いかけてきた。

直政《なおまさ》たちは島津軍《しまづぐん》の後《うし》ろに追《お》いつくと、つぎつぎに敵《てき》の兵《へい》をたおしてゆく。島津軍《しまづぐん》からは島津豊久《しまづとよひさ》という武将《ぶしょう》が立《た》ちはだかった。大将《たいしょう》である伯父《おじ》を逃《に》がすため、兵《へい》と将《しょう》を連《つ》れてふみとどまったのだ。

「おまえが井伊《いい》の赤鬼《あかおに》の大将《たいしょう》か」

「いかにも」

直政《なおまさ》と豊久《とよひさ》の戦《たたか》いとなり、槍《やり》をふるって相手《あいて》を馬《うま》からつき落《お》とそうとたがいに攻《せ》める。やがて、直政《なおまさ》は傷《きず》を負《お》ったが、そのすきに豊久《とよひさ》を馬《うま》からたたき落《お》とし、たがいに刀《かたな》をぬいてもみあったあげく、直政《なおまさ》が斬《き》りふせた。「捨《す》て身《み》の万千代《まんちよ》」のくせは、何年《なんねん》たってもそのままだった。

忠吉《ただよし》も敵将《てきしょう》の首《くび》をとり、はじめての戦《たたか》いとは思《おも》えないほど強《つよ》い。

「直政《なおまさ》、まだ大将《たいしょう》が逃《に》げている。追《お》うぞ！」

「はい、忠吉《ただよし》さま！」

あとを本多《ほんだ》にまかせて、ふたりは、ついてくる勇敢《ゆうかん》な赤鬼《あかおに》たちとともに百人《ひゃくにん》ほどで、八十人《はちじゅうにん》ほどの島津軍《しまづぐん》を追《お》いかけた。島津軍《しまづぐん》が逃《に》げだしたとき、八百人《はっぴゃくにん》はいたはずなので、ここまでたおしたのだ。

しかし、追《お》いつきかけ、忠吉《ただよし》が敵兵《てきへい》に槍《やり》をむけて、斬《き》りあいになったとたん、あっとさけんで馬《うま》の上《うえ》にたおれる。けがをしたらしい。今《いま》だ、と逃《に》げてゆく敵《てき》から鉄砲《てっぽう》が放《はな》たれた。

「忠吉《ただよし》さまっ」

直政《なおまさ》は馬《うま》を横《よこ》につけて忠吉《ただよし》におおいかぶさり、もろともに地面《じめん》に転《ころ》がり落《お》ちて、かばいながらふせる。体《からだ》をいくつもの弾《たま》がかすめていった。はじめての戦《いくさ》で傷《きず》を負《お》ったときとおなじ、熱《あつ》い痛《いた》みを感《かん》じる。

負傷《ふしょう》した直政《なおまさ》と忠吉《ただよし》が兵《へい》たちに助《たす》けられて、家康《いえやす》の本陣《ほんじん》に帰《かえ》りついたのは、日《ひ》がかたむいたころだった。

「もうしわけございません、殿《との》。深追《ふかお》いして忠吉《ただよし》さまにおけがをさせ、敵《てき》の大将《たいしょう》を逃《に》がしてしまいました」

「父上《ちちうえ》、わたしはかすり傷《きず》です。守《まも》ってくれた直政《なおまさ》を責《せ》めないでください」

「おお、ぶじでよかった。直政《なおまさ》、よく忠吉《ただよし》を守《まも》ってくれた。けがはどうだ」

弾《たま》は直政《なおまさ》の右《みぎ》ひじに命中《めいちゅう》していた。それを見《み》た家康《いえやす》はみずから、ぬりぐすりを傷《きず》にぬってくれた。

「直政《なおまさ》、そなたのはたらきに、石田三成《いしだみつなり》の城《しろ》と領地《りょうち》をやろう。近江《おうみ》の佐和山城《さわやまじょう》（現在《げんざい》の滋賀県彦根市《しがけんひこねし》にあった）だ」

「しかし、あそこにはまだ、石田軍《いしだぐん》の留守隊《るすたい》がたてこもっているはず。では明日《あした》、自分《じぶん》で追《お》いだしてきましょう」

直政《なおまさ》は傷《きず》の痛《いた》みを顔《かお》に出《だ》すことなく、平然《へいぜん》とそう言《い》ってみせた。

翌日《よくじつ》、佐和山城《さわやまじょう》を落《お》としたのが、直政《なおまさ》の最後《さいご》の戦《たたか》いになった。直政《なおまさ》の傷《きず》はちっとも治《なお》らず、家来《けらい》たちは「戦《いくさ》に負《ま》けて処刑《しょけい》された石田《いしだ》どののたたり」とうわさしていた。

一年半後《いちねんはんご》、この傷《きず》がもとで直政《なおまさ》は亡《な》くなった。四十二歳《よんじゅうにさい》だった。

井伊《いい》の赤鬼《あかおに》――赤備《あかぞな》えの兵団《へいだん》は、息子《むすこ》の直孝《なおたか》が受《う》けついで戦《たたか》うことになる。縁起《えんぎ》の悪《わる》い佐和山城《さわやまじょう》から、琵琶湖《びわこ》のほとり、彦根《ひこね》（現在《げんざい》の滋賀県彦根市《しがけんひこねし》）に新《あたら》しい城《しろ》を建《た》てて移《うつ》り、井伊家《いいけ》は江戸幕府《えどばくふ》が続《つづ》くあいだ、重臣《じゅうしん》として活躍《かつやく》した。

直政《なおまさ》のはたらきだけでなく、直虎《なおとら》が女《おんな》であっても当主《とうしゅ》として民《たみ》を守《まも》ったからこその、井《い》伊家《いけ》の活躍《かつやく》だった。

遠江《とおとうみ》とは、京《きょう》から遠《とお》い湖《みずうみ》という意味《いみ》で、浜名湖《はまなこ》をさす。近江《おうみ》は近《ちか》い湖《みずうみ》で、琵琶湖《びわこ》のことだ。遠江《とおとうみ》の水《みず》の郷井伊谷《さといいのや》から、近江《おうみ》の琵琶湖《びわこ》のほとりへ。赤《あか》い夕焼《ゆうや》けにそまる琵琶湖《びわこ》の水面《みなも》が、赤備《あかぞな》えの井伊家《いいけ》の領地《りょうち》には、よくにあう。

【おわり】

参考《さんこう》資料《しりょう》

# 井伊直虎《いいなおとら》・井伊直政《いいなおまさ》 年表《ねんぴょう》

直虎《なおとら》や直政《なおまさ》が生《い》きた時代《じだい》にどんなことがあったのかを年表《ねんぴょう》で紹介《しょうかい》。

| 西暦《せいれき》 | 元号《げんごう》 | 井伊直虎《いいなおとら》・井伊直政《いいなおまさ》にかかわるできごと | 日本《にっぽん》のできごと |
|---|---|---|---|
| 1535 | 天文《てんぶん》4 | のちの井伊直虎《いいなおとら》、直盛《なおもり》の娘《むすめ》としてこのころ誕生《たんじょう》? | |
| 1539 | 天文《てんぶん》8 | 井伊家《いいけ》、今川家《いまがわけ》に従属《じゅうぞく》。直虎《なおとら》の曾祖父《そうそふ》・直平《なおひら》の娘《むすめ》が今川家《いまがわけ》の人質《ひとじち》となる。 | |
| 1542 | 天文《てんぶん》11 | 直虎《なおとら》の祖父《そふ》・直宗《なおむね》、田原城攻《たはらじょうぜ》めで戦死《せんし》。 | |
| 1544 | 天文《てんぶん》13 | 12月《がつ》 直虎《なおとら》の大叔父《おおおじ》・直満《なおみつ》と直義《なおよし》が、家老《かろう》の陰謀《いんぼう》で今川義元《いまがわよしもと》に殺《ころ》される。直満《なおみつ》の子《こ》・亀之丞《かめのじょう》（直親《なおちか》）、信濃伊奈谷《しなのいなだに》の寺《てら》に身《み》をかくす。 | |
| 1552 | 天文《てんぶん》21 | 直虎《なおとら》、このころ出家《しゅっけ》して次郎法師《じろうほうし》と名《な》のる? | |
| 1555 | 天文《てんぶん》24 | 直親《なおちか》、井伊谷《いいのや》に戻《もど》り、井伊家《いいけ》あとつぎとして直盛《なおもり》の養子《ようし》となる。 | |
| 1557 | 弘治《こうじ》3 | | 松平元康《まつだいらもとやす》（徳川家康《とくがわいえやす》）、瀬名姫《せなひめ》（築山殿《つきやまどの》）と結婚《けっこん》。 |
| 1560 | 永禄《えいろく》3 | 5月《がつ》 桶狭間《おけはざま》の戦《たたか》いで直盛戦死《なおもりせんし》。 | 5月《がつ》19日《にち》 桶狭間《おけはざま》の戦《たたか》い。今川義元戦死《いまがわよしもとせんし》。 |
| 1561 | 永禄《えいろく》4 | 虎松《とらまつ》（のちの井伊直政《いいなおまさ》）、直親《なおちか》の嫡男《ちゃくなん》として誕生《たんじょう》。 | |

| | | | |
|---|---|---|---|
| 1562 | 永禄《えいろく》5 | 12月《がつ》 直親《なおちか》、小野《おの》の陰謀《いんぼう》により今川氏真《いまがわうじざね》に殺《ころ》される。 | |
| 1563 | 永禄《えいろく》6 | 9月《がつ》 直平《なおひら》、今川氏真《いまがわうじざね》の命令《めいれい》で毒殺《どくさつ》される。 | |
| 1565 | 永禄《えいろく》8 | 次郎法師《じろうほうし》、井伊直虎《いいなおとら》と名《な》を改《あらた》め井伊谷城《いいのやじょう》の城主《じょうしゅ》となる。 | |
| 1566 | 永禄《えいろく》9 | 今川氏真《いまがわうじざね》により徳政令《とくせいれい》が出《だ》されるが、直虎《なおとら》はしたがわず。 | |
| 1568 | 永禄《えいろく》11 | 直虎《なおとら》、徳政令《とくせいれい》を受《う》け入《い》れる。<br>虎松《とらまつ》、三河《みかわ》の鳳来寺《ほうらいじ》にあずけられる。 | 12月《がつ》 甲斐《かい》の武田信玄《たけだしんげん》が駿河《するが》に攻《せ》め込《こ》む。 |
| 1569 | 永禄《えいろく》12 | 井伊谷城《いいのやじょう》、徳川家康《とくがわいえやす》の支配下《しはいか》に置《お》かれる。 | 今川氏滅亡《いまがわしめつぼう》。 |
| 1571 | 元亀《げんき》2 | | 武田信玄《たけだしんげん》と徳川家康《とくがわいえやす》の戦《たたか》いが始《はじ》まる。 |
| 1572 | 元亀《げんき》3 | | 武田軍《たけだぐん》、二万五千《にまんごせん》の兵《へい》で遠江《とおとうみ》に侵攻《しんこう》。<br>12月《がつ》22日《にち》 徳川軍《とくがわぐん》、三方原《みかたがはら》で武田軍《たけだぐん》に大敗《たいはい》。 |
| 1573 | 元亀《げんき》4 | | 4月《がつ》 武田信玄病死《たけだしんげんびょうし》。 |
| 1574 | 天正《てんしょう》2 | 12月《がつ》 虎松《とらまつ》、井伊谷《いいのや》にもどる。 | |
| 1575 | 天正《てんしょう》3 | 2月《がつ》 虎松《とらまつ》、徳川家康《とくがわいえやす》の小姓《こしょう》となり、名《な》を万千代《まんちょ》と改《あらた》める。 | 武田勝頼《たけだかつより》、遠江《とおとうみ》に侵攻《しんこう》、長篠城《ながしのじょう》を攻《せ》める。<br>5月《がつ》21日《にち》 長篠《ながしの》の戦《たたか》い。 |
| 1576 | 天正《てんしょう》4 | 2月《がつ》 万千代初陣《まんちょういじん》。功績《こうせき》を認《みと》められ、井伊家当主《いいけとうしゅ》となる。 | |
| 1581 | 天正《てんしょう》9 | 万千代《まんちょ》、高天神城攻略《たかてんじんじょうこうりゃく》で手柄《てがら》をあげる。 | |
| 1582 | 天正《てんしょう》10 | | 織田軍《おだぐん》、武田領《たけだりょう》に侵攻《しんこう》。 |

| | | | |
|---|---|---|---|
| 1582 | 天正《てんしょう》10 | 万千代《まんちよ》、家康《いえやす》の供《とも》として、安土《あづち》、京《きょう》へ。本能寺《ほんのうじ》の変《へん》に際《さい》し、万千代《まんちよ》は堺《さかい》から三河《みかわ》に逃《のが》れる家康《いえやす》に同行《どうこう》。伊賀《いが》の山《やま》を越《こ》え、6月《がつ》4日《か》、三河《みかわ》の岡崎城《おかざきじょう》にもどる。<br>8月《がつ》 直虎《なおとら》、井伊谷《いいのや》で病死《びょうし》。<br>万千代《まんちよ》、徳川軍《とくがわぐん》の使者《ししゃ》として北条軍《ほうじょうぐん》の本陣《ほんじん》、若神子城《わかみこじょう》に入《はい》り、和議《わぎ》を成立《せいりつ》させる。<br>万千代《まんちよ》、井伊直政《いいなおまさ》と改名《かいめい》。家康《いえやす》から武田《たけだ》の軍《ぐん》を与《あた》えられる。 | 3月《がつ》 武田勝頼《たけだかつより》自害《じがい》。武田氏滅亡《たけだしめつぼう》。<br>6月《がつ》2日《か》 本能寺《ほんのうじ》の変《へん》。明智光秀《あけちみつひで》、主君《しゅくん》・織田信長《おだのぶなが》を攻《せ》め、信長《のぶなが》とその長男《ちょうなん》・信忠《のぶただ》は自害《じがい》。<br>7月《がつ》 北条軍《ほうじょうぐん》と戦《たたか》うため、徳川家康出陣《とくがわいえやすしゅつじん》。 |
| 1583 | 天正《てんしょう》11 | 直政《なおまさ》、徳川家康《とくがわいえやす》の家臣《かしん》の娘《むすめ》と結婚《けっこん》。 | |
| 1584 | 天正《てんしょう》12 | 直政《なおまさ》、小牧《こまき》・長久手《ながくて》の戦《たたか》いで活躍《かつやく》。 | |
| 1585 | 天正《てんしょう》13 | | 羽柴《はしば》（豊臣《とよとみ》）秀吉《ひでよし》、関白《かんぱく》になる。 |
| 1586 | 天正《てんしょう》14 | 直政《なおまさ》、朝日姫《あさひひめ》と大政所《おおまんどころ》の接待《せったい》と警護《けいご》に尽力《じんりょく》。 | 徳川家康《とくがわいえやす》、羽柴秀吉《はしばひでよし》の妹《いもうと》・朝日姫《あさひひめ》と結婚《けっこん》。 |
| 1590 | 天正《てんしょう》18 | | 豊臣秀吉《とよとみひでよし》が天下統一《てんかとういつ》。 |
| 1598 | 慶長《けいちょう》3 | | 8月《がつ》 豊臣秀吉病死《とよとみひでよしびょうし》。 |
| 1600 | 慶長《けいちょう》5 | 直政《なおまさ》、関ケ原《せきがはら》の戦《たたか》いで、家康《いえやす》の息子《むすこ》・松平忠吉《まつだいらただよし》をかばい負傷《ふしょう》。<br>直政《なおまさ》、近江《おうみ》の佐和山城主《さわやまじょうしゅ》となる。 | 9月《がつ》15日《にち》 関ケ原《せきがはら》の戦《たたか》いで、徳川軍《とくがわぐん》が勝利《しょうり》。<br>10月1日《がつついたち》 家康《いえやす》の命《めい》により石田三成《いしだみつなり》を斬首《ざんしゅ》。 |
| 1602 | 慶長《けいちょう》7 | 2月1日《がつついたち》 直政《なおまさ》、佐和山城《さわやまじょう》で亡《な》くなる。 | |

## 主な参考文献・ホームページ


『井伊家傳記』発行責任者／西村忠（たちばな会　2000）
『甲陽軍鑑　下』訳／腰原哲朗（教育社　1979）
『三河物語　葉隠　日本思想体系26』　校注／齋木一馬・岡山泰四・相良亨（岩波書店　1974）
「武田三代軍記　巻十八～巻廿一」（『武田史料集』　校注／清水茂夫・服部治則　人物往来社　1967）
『関ヶ原から大坂の陣へ』著／小和田哲男（新人物往来社　1999）
『争乱の地域史　西遠江を中心に　小和田哲男著作集第四巻』著／小和田哲男（清文堂　2001）
『徳川家康事典　コンパクト版』編／藤野保・村上直・所理喜夫・新行紀一・小和田哲男（新人物往来社　2007）
『武田勝頼のすべて』編／柴辻俊六・平山優（新人物往来社　2007）
『歴史読本　二〇〇七年三月号　特集　徳川四天王』（新人物往来社　2007）
『戦国の合戦』著／小和田哲男（学習研究社　2008）
『浜松城時代の徳川家康の研究』著／小楠和正（個人発行　2009）
『直政・直孝物語－彦根を築いた井伊のお殿様－』（彦根城博物館　2009）
『詳細図説　家康記』著／小和田哲男（新人物往来社　2010）
『赤備え　－武田と井伊と真田と－』著／井伊達夫（宮帯出版社　2011）
『湖の雄　井伊氏　～浜名湖北から近江へ、井伊一族の実像～』著／辰巳和弘・小和田哲男・鈴木一記（公益財団法人静岡県文化財団　2014）
『天正壬午の乱　本能寺の変と東国戦国史　増補改訂版』著／平山優（戎光祥出版　2015）
『東国武将たちの戦国史「軍事」的視点から読み解く人物と作戦』著／西股総生（河出書房新社　2015）
『井伊直虎　戦国井伊一族と東国動乱史』著／小和田哲男（洋泉社　2016）
『城主になった女　井伊直虎』著／梓澤要（NHK出版　2016）
『この一冊でよくわかる！　女城主・井伊直虎』著／楠戸義昭（PHP研究所　2016）
『おんな城主直虎と井伊家の歴史』監修／井伊達夫（キネマ旬報社　2016）
龍潭寺　公式ホームページ
井伊美術館　公式ホームページ
彦根城博物館　公式ホームページ

Shogakukan Junior Bunko

★小学館ジュニア文庫★

# 井伊直虎 ～民を守った女城主～

2016年12月25日　初版第１刷発行

著者／時海結以
イラスト／五浦マリ

発行人／立川義剛
編集人／吉田憲生
編集／楠元順子

発行所／株式会社　小学館
〒101-8001　東京都千代田区一ツ橋２－３－１
電話　編集　03-3230-5455
販売　03-5281-3555

印刷・製本／加藤製版印刷株式会社

カバー・オビデザイン／三木健太郎
本文デザイン／山本ユミ
地図作成／小学館クリエイティブ


Printed in Japan　ISBN 978-4-09-231134-3